내 마음의
샹그릴라를 찾아서

내 마음의
샹그릴라를 찾아서

초판 1쇄 인쇄 2020년 12월 08일
초판 1쇄 발행 2020년 12월 15일

지은이 조종수
펴낸이 류태연
편집 렛츠북 편집팀 | **디자인** 장서희 | **마케팅** 이재영

펴낸곳 렛츠북
주소 서울시 마포구 독막로3길 28-17, 3층(서교동)
등록 2015년 05월 15일 제2018-000065호
전화 070-4786-4823 **팩스** 070-7610-2823
이메일 letsbook2@naver.com   **홈페이지** http://www.letsbook21.co.kr

ISBN 979-11-6054-424-4 03810

* 잘못된 책은 구입하신 서점에서 바꾸어 드립니다.

중국 배낭여행

조종수 지음

내 마음의
샹그릴라를 찾아서

머리말

　대학 시절 기말시험을 앞두고 벼락치기로 밤샘 공부를 하면서 고등학교 때 이렇게 열심히 공부했다면 하버드대학도 들어갔을 것이라고 친구들과 농담을 주고받던 일이 생각난다. 그도 그럴 것이 고등학교 때는 부모님이나 선생님이 제발 공부하라고 재촉하던 시절이었다. 하지만 하기 싫은 공부를 억지로 하다 보니 시늉만 낼 뿐 제대로 공부할 리 만무했다.

　그런데 대학에 들어가 보니 아무도 공부하라고 얘기해주는 사람이 없다. 그저 자기 신세를 생각해서 스스로 공부하지 않으면 안 되는 그런 환경이었다. 그러니 이런 농담이 나올 수 있었던 것이다. 여행도 마찬가지다. 누가 시켜서 가는 것도 아니고, 여행을 간다고 해서 그 어떤 혜택이 주어지는 것도 아니다. 다만 자기가 가고 싶어서 가는 것이다.

　배낭여행을 하다 보면 시험을 앞둔 학생처럼 최선을 다하는 나를 발견하게 된다. 계획 단계에서부터 설레는 마음으로 지도를 연구하고 비행기와 호텔, 현지교통 사정도 달달 외울 정도로 열심히 알아본다. 짧은 기간 한정된 돈으로 원하는 곳에 가려면 그 어떤 착오도 없어야 하기 때문이다.

　내 마음의 샹그릴라를 찾아서

혹자는 인생을 여행에 비유하기도 한다. 간혹, 인생을 대충 산다고 말하는 사람도 있지만 여행을 대충하는 사람은 없다. 왜냐하면 여행 준비로 상당한 비용을 이미 지출했으므로 목적지에는 가야 하고, 여행을 중도에 포기한다 해도 최소한 집에는 되돌아가야 하기 때문에 철저한 계산 속에서 움직여야 하는 것이다.

그래서 여행을 떠나보면 살아온 인생을 뒤돌아보게 되는 것일까? 열심히 준비하고 노력한 여행길에서 놀라운 풍경과 경험에 마주할 때면 최선을 다하지 않았던 삶에 대한 후회와 새로운 시작에 대한 다짐이 파도처럼 밀려오곤 한다. 그리고 이내 일상에 대한 그리움으로 번진다.

여행은 그동안 경험하지 못한 경이로운 풍경을 찾아 나서는 것이지만 결국에는 나 자신을 발견하게 한다. 그리고 여행지에서 만난 나 자신과 일상으로 돌아온 내가 교감하면서 한 번도 가보지 못한 샹그릴라를 찾아 인생이라는 여행을 다시 시작하게 한다.

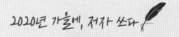

2020년 가을에, 저자 쓰다

차례

제**1**편

하늘과 맞닿은 땅, 샹그릴라

제1편

하늘과 맞닿은 땅, 샹그릴라

오래전에 제임스 힐튼의 소설 『잃어버린 지평선』을 소재로 한 프랭크 카프라(Fank Capra) 감독의 영화를 본 적이 있다. 필름 원본이 없어져 여러 구간에서 사진과 음성만 나오는 불완전하게 복원된 흑백 영화지만 작가가 전하는 메시지는 아직도 귀에 생생하게 들리는듯하다.

영화는 전쟁으로 포격이 시작되는 중국의 어느 지방에서 주인공인 '콘웨이'가 사람들을 탈출시키고 자신도 마지막 비행기를 타는 것으로 시작된다. 그런데 출발 직전에 괴한이 조종사를 끌어내려 항로를 히말라야 쪽으로 바꾸고, 비행기는 산맥을 통과하는 도중에 추락하고 만다. 그리고 눈보라가 휘몰아치는 설산에 갇힌 사람들은 절망한다.

콘웨이는 리더십을 발휘하여 생존을 위해 고군분투하고, 희망이 보이지 않을 때쯤 어느 원주민들에게 구조되어 '블루문'이라는 계곡에 도착하게 되는데 그곳은 질병도 없고, 늙지도 않는 땅이자 탐욕과 전쟁, 증오, 범죄가 없는 낙원 '샹그릴라'였다. 콘웨이는 아름다운 여인을 만나 사랑을 하게 되고, 수백 년간 생존하며 이상향을 이룩해낸 노신부를 만나게 된다. 그리고 그로부터 샹그릴라를 이끌어 달라는 부탁을 받고 감명을 받아 이곳에 정착하고자 한다.

그러나 이를 믿지 않는 동생으로부터 탈출을 강요받게 되고, 처음에는 완강히 거부하지만 원주민 '마리아'로부터 샹그릴라가 거짓이라는 얘기를 듣자 결국에는 탈출을 감행하여 성공하게 된다. 그런데 탈출 도중에 마리아가 원래의 나이로 돌아와 노파의 모습으로 죽게 되고 이에 동생도 충격을 받아 절벽으로 떨어져 자살하고 만다.

홀로 남게 된 콘웨이는 설산을 헤매다가 조난을 당하지만 다행히 원주민들에게 구조된다. 그리고 귀국길에 오른다. 그러나 낙원을 잊지 못하는 콘웨이는 발길을 돌려 '샹그릴라'로 되돌아가게 되고 영화는 끝이 난다.

삶이 힘들고 지칠 때 누구나 이상향을 꿈꾸게 된다. 소설 『잃어버린 지평선』을 읽은 많은 사람들은 중국 어디엔가 있을 샹그릴라를 찾아 나섰는데, 중국 정부에서 관광객 유치를 목적으로 '중전'이라는 지역의 이름을 '샹그릴라'로 바꾸었고, 이러한 내막에도 불구하고 많은 사람들이 자신만의 샹그릴라를 찾아 이곳에 온다고 한다.

나는 2013년 8월 리장에 왔었는데 샹그릴라가 3,000m 이상 고원에 위치해 있는 지역이라 고산증이 우려되어 여행 일정에 포함시키지 않았었다. 그래서인지 이곳은 내게 신비와 베일에 싸여 있는 동경의 대상이 되었고, 내내 아쉬움으로 남았다. 그렇게 6년이라는 시간이 흘러 더 늦기 전에 샹그릴라 여행에 도전하여 아쉬움을 잠재우고 싶다는 생각이 들었고, 마침내 벗들로 이루어진 6명의 작은 여행단을 조직하여 쿤밍행 항공권을 구입하는 것으로 여행 계획을 실행에 옮기게 되었다.

[여행의 시작]

8월 10일 광저우를 경유하는 쿤밍행 비행기에 몸을 실었다. 직항 항공편이 있었으나 굳이 광저우를 경유하는 항공편을 택한 것은 요금이 저렴하다는 이유도 있었지만 오랜 친구 W를 잠시나마 만날 수 있기 때문이었다. 여행 비용을 획기적으로 절약할 수 있으면서도 친구를 만날 수 있다는 것, 그것은 전혀 밑지는 장사는 아닐 것이다.

그런데 항공권을 구입하고 나서 생각해보니 우리 일행이 광저우공항에 머물 수 있는 시간은 겨우 2시간 30분이었다. 잠깐 스치는 만남을 위하여 시간을 허비하는 것이 필요한 것인가 하는 의문이 들어 몇 달 전 여행 계획을 얘기한 후 W에게 따로 연락하지 않았었다. 그런데 입국심사를 마치고 환승을 위해 출구로 나와 보니 W가 기다리고 있었다.

입국심사에 이미 많은 시간이 흘러가 W와 긴 대화를 할 여유는 없었다. 어쩔 수 없이 다음 비행기를 타기 위해 탑승구 쪽으로 함께 걸어가면서 대화를 나누다가 실로 놀라운 사실을 알게 됐다. 만약의 사태에 대비하여 체크인할 때 숙박비를 지불하는 객실을 인터넷으로 예약하고 연락처로 W의 전화번호를 적어놓았는데 쿤밍의 호텔에서 예약이 취소되었다는 연락을 받았다는 것이다. 이유는 지정된 시간 안에 체크인을 하지 않았기 때문이라고 했다.

순간 멘붕(mental breakdown)이 왔다. 그런데 W가 곧바로 해결책을 내놓았다. 그는 호텔 예약이 취소되자 근처 다른 호텔을 물색해 가예약을 해놓았다며 그 호텔이 맘에 드는지 알려달라고 했다. 갑자기 지옥에서 천당으로 올라온 기분이 들었다. W의 대처가 아니었다면 이 한밤중에 어떻게 호텔을 구했겠는가? 좋고 나쁨을 따질 필요도 없이 곧바로 좋다고 했다. 객실료는 약간 비쌌지만 아침 식사가 제공되어 결국에는 더 저렴하고 좋은 호텔을 예약한 셈이 되었다.

친구의 소중함을 새삼 느끼는 순간이었다. 여행이라는 것이 언제나 계획대로 되는 것은 아니다. 인생은 뜻대로 되지 않을 경우 좌절할 수도 있지만 여행은 그럴 수 없다. 여행길에서 난관에 봉착하여 모든 것을 포기하더라도 집으로는 돌아가야 하지 않겠는가? 중국어를 조금 안다고 자만하면 안 되는 까닭이다. 제2, 제3의 대책을 미리 준비해야 하고, 필요하다면 현지 친구나 한국의 여행사 직원, 대사관 연락처 정도는 가지고 있어야 한다.

밤 12시가 넘어서 쿤밍공항에 도착하였다. 쿤밍 시내로 승객을 실어 나를 버스가 새벽 3시까지 있을 것이므로 아무런 걱정이 없었다. 대부분 항공기가 착륙하는 시간대에는 시내로 가는 교통편이 있기 때문이다.

공항에 도착하여 밖으로 나와 보니 정말로 여러 대의 버스가 손님을 기다리고 있었다. 그리고 어느 정도 좌석이 채워지자 곧바로 출발하여 40분 후 쿤밍역 근처에 정차하였다. 이곳이 종점이기 때문에 어디에서 내려야 할지 걱정할 필요도 없었다. 버스에서 내리자마자 호객꾼들이 몰려들었지만 우리의 숙소는 바로 길 건너편 호텔이기 때문에 그들과 흥정을 하지 않아도 되었다. 편안한 마음으로 체크인을 하고 중국에서의 하루를 마감하였다.

【 샹그릴라 가는 길 】

다음 날 아침 일찍 일어나 눈을 비비며 쿤밍역으로 갔다. 인터넷으로 예약한 기차표를 받아야 했기 때문이다. 한참 동안 줄을 선 후 내 차례가 되어 창구에 예약번호와 여권을 내밀었다. 그런데 창구 직원은 표를 받을 필요가 없고 그냥 여권과 인터넷 출력물을 역 입구에 제시하면 된다고 한다. 순간 무엇인가 찝찝한 기분이 들어 다른 창구의 직원에게 문의해보았지만 똑같은 대답이 돌아올 뿐이었다. 간소해진 절차에 그냥 빈손으로 호텔로 되돌아가려는데 무엇인가 꺼림칙한 기분을 떨쳐버릴 수가 없었다.

▌쿤밍역

♣ 내 마음의 샹그릴라를 찾아서

정말로 기차표를 받지 않아도 기차 탑승이 가능할지에 대한 확실한 믿음이 생기지 않았다. 우리가 변화에 직면할 때 쉽게 받아들일 수 없는 것처럼 말이다.

중국의 역 구내로 진입하기 위해서는 두 단계의 과정을 거쳐야 한다. 첫 번째는 역무원에게 신분증과 기차표를 제시하여 본인이 맞는지 확인을 받아야 하고, 두 번째는 짐을 검색대에 올려놓고 몸수색을 받아야 한다. 우리는 여느 중국 사람들처럼 역 구내로 진입하기 위해 반신반의하며 예약번호와 여권을 역무원에게 제시했다. 잠시 후 개선된 제도가 시행되고 있음이 확인되자 의심이 많아 괜한 걱정을 한 것 같아 쑥스러워졌다. 서둘러 고속열차에 올라 눈을 감았는데 피곤했는지 깜빡 잠이 들었다. 흔들리는 느낌에 눈을 떠보니 어느새 리장이다.

리장역에 도착하자마자 곧바로 예약해놓은 렌터카로 바꿔 타고 샹그릴라로 향했다. 시간을 최대한 절약하여 샹그릴라와 메리설산, 바라거종, 호도협, 리장, 쿤밍 등을 8일간의 일정으로 소화하기 위해서다.

렌터카 기사는 우리에게 고산증에 대비하여 산소통을 구입할 것인지 물었다. 나는 예방약을 가지고 왔고, 또 전에 쓰촨에 있는 3,000m 고지의 아미산에서 아무 일 없이 하루를 묵었던 경험이 있어서 구입하지 않기로 했다.

차는 고속도로를 30분 정도 달린 끝에 샹그릴라현으로 진입하여 서서히 해발을 높여갔다. 황톳빛으로 물든 금사강이 도로를 따라 이어졌다. 금사강은 장강의 상류인데 사금이 나온다고 하여 붙여진 이름이다. 그래서인지 햇빛을 받은 강줄기가 유난히 금빛으로 반짝이는 것 같았다.

▌ 고원으로 가는 길

한참을 달리다 뒤돌아보니 어느새 고원에 올라와 있는지 지나온 길들이 까마득한 절벽 아래에서 가물거린다. 아직도 갈 길이 먼데 구불구불 넘어야 하는 험로가 길기만 하고 순탄치만은 않을 여정에 마음이 무거워진다.

얼마만큼 왔을까? 지나쳤던 저원(低原)의 마을이 서서히 사라지고 사방이 산중이다. 산비탈을 깎아 밭을 일구고 곡식과 채소를 심어 삶을 이어온 샹그릴라 사람들이 차도를 따라 가까워졌다가 다시 멀어져 간다. 경사지에 옹기종기 모여 있는 밭과 집들이 한 폭의 그림 같다는 생각이 들어 잠시 차를 세우고 카메라 셔터를 눌러본다. 이방인의 눈에 보이는 풍경처럼 마을 사람들의 삶도 아름다웠으면 좋겠다는 생각이 들었다.

이곳이 해발 몇 미터쯤일까 궁금하지만 확인하고 싶지는 않다. 왜냐하면 낮으면 실망감이, 높으면 그것을 아는 순간 고산증이 찾아올 수 있기 때문이다.

알면 다친다는 말이 있듯이 때로는 모르는 것이 도움이 될 때도 있다. 3,000m는 족히 될 것으로 생각이 되지만 일부러 확인하여 과민성 고산증을 불러올 필요는 없을 것이다.

▌고원에 형성된 작은 마을과 계단식 밭

[작은 포탈라 궁, 송찬림사]

리장에서 4시간여를 달린 끝에 드디어 산길을 빠져나왔다.

고산지방의 평야를 가리켜 고원이라고 하는지 평지가 시원하게 펼쳐진다. 곧게 뻗은 도로 양쪽의 초지에 야크 떼가 한가로이 풀을 뜯고 있고, 가끔씩 나타나는 다르촉 깃발이 이방인들을 환영하고 있는 듯 힘차게 펄럭인다. 그런데 일행 중의 한 명이 스마트폰 앱을 작동시켜 지금 해발 3,200m라고 자랑을 한다. 그 소리를 들은 다른 한 명은 과자봉지를 들고 공기가 빵빵하게 부풀어 올랐다며 나에게 보여주었다.

고원에 진입하고 있다는 사실을 깨닫게 되자 잊고 있었던 고산증에 대한 걱정이 밀려온다. 이제 1시간 이상을 왔던 길로 되돌아가야 해발고도가 조금이라도 낮은 곳으로 이동할 수 있을 것이다.

❙ 샹그릴라 시가지

시내권으로 접어들었을 때 시곗바늘이 5시를 가리키고 있다. 여행 일정이 여유롭지 못하기 때문에 이날 송찬림사를 관람하는 일정을 끝 내기로 했다.

송찬림사는 1679년에 착공하여 1681년 완공된 운남성 최대의 티베 트 불교 사원이다. 5세 달라이 라마가 '3명의 신선이 살던 땅'이라는 뜻 으로 사원의 이름을 지었다. 라싸에 있는 포탈라 궁을 닮았으며 금동을 입힌 황금빛 지붕이 아름답다고 한다.

우리는 관람 시간이 지나 사원의 문이 닫힐까 봐 잠시의 휴식시간도 없이 외곽에 있는 여행센터로 가서 입장권을 사고 셔틀버스를 탔다. 그 리고 오래된 건물 사이의 마을길을 달린 끝에 사원 입구에 도착했는데 사진으로만 보았던 바로 그 송찬림사가 눈앞에 펼쳐져 있다. 누가 먼저 랄 것도 없이 버스에서 내리자마자 일제히 휴대폰을 꺼내 들어 사진을 찍기 시작했다.

사원 입구에서 시계를 보니 5시 30분이다. 입장 시간이 끝나버려 문을 닫지는 않을까 걱정을 하면서 입장권을 내밀었다. 다행히도 정문을 통과하는데 아무런 제지가 없다. 그래도 혹시 관람 시간 종료로 문을 닫아야 한다며 부르지나 않을까 걱정이 되어 입구의 직원이 보이지 않는 곳으로 달아나듯이 빠른 걸음으로 걸어갔다.

사원으로 가는 길은 좁은 동네 골목길과 같은데 마치 하늘로 이어진 것처럼 가파르다. 부처님은 언제나 가장 높은 곳에 모셔져야 하는 것일까? 배를 땅에 깔고 두 다리와 두 팔을 쭉 편 뒤에 머리를 땅에 닿도록 하여 자신을 한없이 낮추고, 두 손을 뒤집어 손바닥으로 공손히 부처님을 받드는 오체투지와 같은 의미라는 생각을 하며 부처님을 향해 천천히 올라갔다. 고원이라 그런지 조금만 걸어도 숨이 가쁘다.

경내에는 까마귀가 손님을 맞이하듯이 비행쇼를 펼쳐 보인다. 처마 밑에 살고 있는지 머리 위에서 활공하는데 한참을 서 있어도 땅에 내려 앉지 않고 다시 지붕 쪽으로 날아간다.

❙ 사찰과 까마귀

🛆 내 마음의 샹그릴라를 찾아서

경건한 사원에 웬 까마귀일까 의아했는데 이유를 금방 알게 되었다. 티베트에는 장례문화로 송장을 들에 내다놓아 새가 쪼아먹게 하는 조장(鳥葬) 풍속이 있는데 건너편 산에 있는 조장 터에서 날아온 까마귀라고 한다. 그냥 멋있다고만 생각할 걸 괜한 걸 알아봤다는 후회가 밀려왔다. 천기누설의 대가(代價)가 참 가혹하다.

후전에는 티베트의 최대 종파인 겔룩파의 창시자 '종카바'와 미륵불 그리고 7세 달라이 라마 동불이 모셔져 있다. 사원은 문화혁명을 거치면서 대부분 파괴되었던 것을 복원한 것인데 700여 명의 승려들이 정진하고 있다. 사원 내부에 들어가면 위층으로 올라가는 계단이 있고, 상층부로 계속 올라가다 보면 옥상으로 나가는 통로가 나온다. 옥상에 나와 보니 황금을 입힌 금빛 지붕이 신비롭다. 멀리 코발트색 하늘을 머금은 작은 호수와 마을이 보인다.

옥상에서 열심히 사진을 찍고 있는데 가끔씩 승려들이 지나갔다. 왜 그분들이 옥상을 가로질러 가는지 알 수는 없지만 티베트 불교의 신비함을 오래오래 간직하고자 함께 사진을 찍자고 승려 한 분께 청했더니 단번에 거절한다. 수행을 방해한 것 같아 미안한 마음이 들었다.

시간이 자꾸만 흘러가 이제는 호텔에 체크인을 하고 저녁 식사도 해야 했으므로 서둘러 아래로 내려갔다. 그런데 사원 밖으로 나오면서 좀 특이한 광경을 목격하게 되었다. 내부의 요소요소에 모셔져 있는 불상 앞에 불전 바구니가 놓여 있는데 한 승려가 순회하면서 1위안짜리 지폐 몇 장을 제외하고 모두 수거해가는 것이었다. 옥상에서 만났던 승려도 불전을 수거하기 위해 바쁘게 돌아다닌 것 같다.

[고원(高原)에서의 첫날밤]

아쉬움을 뒤로한 채 정문으로 다시 나왔다. 태양은 아직도 기울지 않고 있다. 아마도 3,200m의 고원이라 그럴 것이라는 추측을 하며 셔틀버스를 타고 여행센터를 거쳐 예약한 호텔에 도착했다. 중국에서의 두번째 밤이자 샹그릴라에서의 첫날밤을 맞이한 것이다.

저녁 식사를 하고 고산증 예방약을 먹었다. 아직까지 아무런 증상이 없었으므로 식사 때 반주로 맥주 한 잔을 곁들였다. 그리고 이튿날 아침 8시에 출발해야 했으므로 일찍 잠을 자기로 했다.

여행 첫날 설렘에 뒤척이다 일찍 일어나 인천공항과 광저우공항으로 그리고 밤 12시를 넘겨 쿤밍공항과 호텔에 도착하는 강행군에 피곤하기도 했기 때문에 눕자마자 잠에 빠져들 것 같았다.

그런데 침대에 눕자 서서히 머리가 조여오는 느낌이 온다. 그리고 증상이 점점 심해지고 있다. 산소를 많이 마셔야 할 것 같아 숨을 크게 쉬어보는데 통증은 개선되지 않는다. 물에는 산소가 함유되어 있다는 생각이 들어 몸을 일으켜 조금씩 마셨는데 아무 소용이 없다. 이러다 잠이 들면 영영 일어나지 못할 수도 있다는 생각이 나를 힘들게 한다.

밤새 물을 마셔도 보고 누워서 억지로 잠을 청해도 보며 시간을 보냈지만 시곗바늘은 늘 정해진 만큼만 간다. 밤은 언제나 잠으로 피로를 풀어주고 새로운 내일을 맞이하기 위한 재충전의 시간이었는데 지금은 피로를 더 쌓아가는 고난의 시간이 되고 있다.

여러 가지 생각을 했다. 날이 밝는 대로 고원에서의 여행을 중단하고 리장으로 돌아가 새로운 여행을 계획해야 하는 게 아닌가 걱정이 된다. 하지만 그렇게 하기 위해서는 포기해야 할 것들이 너무 많다. 샹그릴라 여행을 위해 많은 시간과 비용을 투자했기 때문에 손실이 너무 클 뿐 아니라 당장 셋째 날 호텔 객실료를 선불로 지불했는데 취소 시 환불이 안 된다고 했다. 걱정이 많아지니까 두통의 시간도 더 길어지는 것 같다.

밤은 잠을 자라고 있다. 깨어 있다는 것은, 그것도 홀로 깨어 있다는 것은 자연의 법칙을 위반하는 행위일 것이다. 또한 깨어 있다면 무슨 일이라도 해야 하는데 아무것도 안 하고 희미한 의식을 더듬으며 걱정만 해서인지 시간이 매우 더디게 가는 것 같다. 이런저런 생각만 있지 결론을 낼 수가 없다. 일행이 있으므로 안건을 상정하고 토론하여 만장일치로 결정을 내려야 했다. 샹그릴라에서의 첫날밤은 결론 없는 생각으로 지새운 길고도 긴 시간이었다.

[고산호박(高山湖泊) 푸타춰]

언제나 그렇듯 새로운 아침을 맞이했다. 아침을 먹고 나니 다음 행선지가 기다리고 있다. 해발고도가 얼마나 높아질 것인지 걱정이 되지만 밤새워 생각해봤던 일정을 포기하는 일은 일행들과 상의할 수 있는 분위기가 아니었다. 모두가 즐겁게 다음 행선지를 기대하면서 식사를 하는데 내가 어렵다고 포기하자는 형국이 될 것이기 때문이다.

식사를 마치고 다시 여정을 시작했다. 이번 행선지는 고산지대에 있는 푸타춰(普达措)공원이다. 해발 3,500m에서 4,159m 사이에 있는 국가산림공원인데 그중에서도 해발 3,500m 지점에 있는 속도호(属都湖)는 여행객이 많이 찾아오는 유명 관광지다. 우리는 여행 시간이 많지 않아 속도호만 둘러보기로 했다.

차창을 통해 보이는 티베트족(藏族)의 가옥과 풀을 뜯는 야크가 한가롭기 그지없고, 밭에는 감자꽃이 만발하여 동화 같은 분위기를 자아내고 있다. 일행들이 신기하다고 생각되는 것들을 운전기사에게 물어보게 했다. 그런데 나시족(纳西族)인 운전기사의 사투리가 심한 편이라 유창하지 않은 나의 중국어 실력으로는 기본적인 의사소통만 가능해 원활한 통역에는 한계가 있었다. 중국에서 렌터카를 탈 때면 항상 운전기사와 친구가 되었는데 이번은 예외였다. 언어의 중요성을 실감하는 순간이다.

서로 말이 안 통한다는 것은 비단 외국어를 잘하지 못한다는 이유만은 아닐 것이다. 말을 못 알아들어도 손짓 발짓으로 정성껏 소통한다면 전혀 이해를 못 하는 것은 아니기 때문이다. 중요한 것은 상대방의 말을 이해하려는 노력일 것이다. 기사는 운전에 집중하고 있고 나는 고산증으로 피로감을 느끼고 있다는 현실의 벽이 침묵의 시간을 푸타춰까지의 거리만큼 길게 만들고 있다.

침묵의 시간이 지나고 출발 40분 만에 푸타춰 입구에 도착했다. 차에서 내려 땅 위에 발을 내딛는 순간 이곳이 상당한 고산지대라는 것을 알 수 있었다.

내 마음의 샹그릴라를 찾아서

쌀쌀한 날씨에 가슴이 두근거리는 느낌이 살짝 들었던 것이다. 더군다나 우리를 지나치는 단체여행객들의 손에는 대부분 산소통이 들려 있었다. 아무도 말을 하지 않았지만 우리 일행들 사이로 긴장감이 돌았다.

우리는 천천히 걸으며 고산지대의 호수를 배경으로 사진 찍기에 돌입했다. 물은 생각보다 맑지 않았다. 아마도 물속에 떨어진 수많은 나뭇잎에서 우러나온 물질이 화학반응을 일으켜 영향을 주지 않았을까 하는 생각이 들었다. 3,500m의 고산지대에 호수가 있다는 사실 하나만으로도 관광객들의 호기심을 자극하기에 충분한 듯 보였다. 경치는 우리나라 습지 저수지와 비슷한데 사람들은 사진을 찍느라 바쁘기만 하다.

우리는 언제부터인가 타이틀을 중요하게 생각하게 된 것 같다. 전국 최초, 세계 최대, 전국 유일, 세계 최고 등등의 명함이야말로 자신을 포장할 수 있는 최고의 타이틀이다. 그리고 이런 타이틀과 함께하였다는 것 자체도 큰 의미를 부여할 수 있다. 따라서 지금까지 가봤던 호수 중에서 가장 높은 지역에 있는 바로 이 푸타춰의 속도호를 거닐고 있는 나도 특별한 사람일 것이다.

푸타춰 속도호의 가장자리를 따라 약 3.3km의 보행로가 놓여 있다. 그리고 데크를 따라 호숫가에 습지식물이 이어져 자라고 있고 산 쪽에는 원시초목이 빽빽하게 서 있다. 아무나 올 수 없는 3,500m의 고원에 와 있음을 실감하는 순간이다.

호수 끝까지 가장자리를 따라 길게 놓여 있는 데크에 많은 여행객들이 줄지어 걷고 있는 모습이 눈에 들어오고, 바로 앞에는 유람선이 정박되어 있는 부두가 보인다. 조금만 걸어도 쉽게 피로해지는 고원이라 배를 타고 가야겠다는 생각이 절로 든다. 요금을 물어보니 편도 1인당 50위안이라고 대답한다. 잠깐 가는 거리라 좀 비싸다는 생각이 들어 망설이는데 옆에서 보고 있던 관리인이 데크를 따라 걸어가야 아름다움을 제대로 느낄 수 있다고 조언을 해준다. 그래서 걸어가려고 발길을 돌리려니 이미 피로에 젖어 무거워진 몸을 움직일 수가 없다. 할 수 없이 유람선을 타기로 했다.

유람선은 잔잔한 호수 위를 미끄러져 갔다. 호수의 중앙을 가로질러 천천히 목적지를 향해 나아가는 배의 갑판 위에서 바라보는 풍경을 어떻게 표현해야 할까? 카메라 셔터를 몇 번 눌렀을 뿐인데 목적지가 보인다. 우리가 걸었어야 했을 데크는 목적지 부두까지 이어져 있었다. 저 데크로 걸어왔다면 우리는 어떤 경치를 볼 수 있었을까?

우리는 항상 선택하지 않은 것들에 대한 미련을 갖게 되는 것 같다.

지금 가고 있는 길보다 내가 선택하지 않은 또 다른 길에 대한 미련, 과연 그 길의 경치는 어떠했을까? 미련을 갖기보다는 지금 선택한 것이 최선이었다고 믿는 것이 정답일 것이다.

산 아래 펼쳐져 있는 습지초원에서 풀을 뜯는 야크들이 평화롭게 보인다. 그런데 K선생님이 셔틀버스를 타고 주차장으로 되돌아가는 내내 속이 울렁거린다고 한다. 고산증이 나타난 것이다. 잊고 있던 걱정이 다시 생겼다.

[머나먼 순례자들의 길]

다시 샹그릴라 시내로 접어들었다. 나는 운전기사에게 우선 산소통을 구입하자고 했다. 기사는 그것 보라는 듯이 약국과 같은 곳에 우리를 내려주었다. 가게 안에는 에프킬라 모기약 모양의 산소통이 진열대에 가득했다. 흰 가운을 입고 있던 직원이 한 명 한 명 장부에 이름을 적고 통을 건넸는데 아무런 무게감도 느끼지 못할 정도로 가벼웠다. 과거 사천성 황룡에서 산소가 들어 있는 생수를 샀다가 아무런 효과도 못 보고 고생만 했던 기억이 떠올랐다. 그런데도 살 수밖에 없었던 것은 나의 요청으로 안내해준 운전기사의 체면을 봐서이다. 제일 큰 것이 1개당 80위안이었는데 먼저 기사에게 필요한지 물어보았다. 기사는 습관이 되어서 괜찮다고 한다. 그나마 80위안을 아낄 수 있어서 다행이었다.

간단히 우육면으로 점심을 해결하고 두 번째 일정으로 메리설산을 향해 출발했다. 깃털처럼 가벼운 산소통을 들고 앞으로 남은 2박 3일을 버티기 위해 한 모금의 산소를 마셨다. 산소가 떨어지면 더 이상 구입할 곳이 없다고 일행들에게 단단히 교육을 시키면서 말이다. 산소를 마시면 고산증에 어떤 효능이 있는지 알 수는 없었다. 왜냐하면 두통의 증상은 가시지 않았기 때문이다. 다만 더 심해지지는 않았다.

메리설산으로 가는 길은 멀고도 가파른 길이다. 계곡과 계곡 사이에 다리를 놓고 절벽을 파내어 길을 내었지만 오르막길이 길어 차를 타고 가는 것도 힘에 부친다. 가도 가도 끝이 없을 것 같은 가파른 길을 옛날 사람들은 어떻게 다녔을지 궁금했다. 아마도 침략자의 군대는 이곳까지 올 수 없었을 것이고 그래서 자유와 평화가 있는 곳, 힘든 삶이었지만 샹그릴라를 이루며 살았을 것이다.

❘ 차를 보고 일어서고 있는 도로 위의 소 떼

🚏 내 마음의 샹그릴라를 찾아서

▍ 샹그릴라의 자전거 순례자

이곳에서의 자유와 평화는 비단 사람만의 전유물은 아니었다. 절벽과 절벽을 가로지르는 다리 위에 한 떼의 소가 휴식을 취하고 있다. 오면서 도로 위를 횡단하거나 종단하고 있는 두세 마리의 소들은 봤어도 이렇게 많은 소가 주인도 없이 있는 것이 신기했다. 다행히도 이런 광경을 자주 보았다는 듯이 기사는 아주 침착하게 길을 비켜 통과하였다. 그리고 다시 길을 재촉했는데 소들이 도로를 활보하고 다니는 광경을 심심치 않게 목격할 수 있었다. 이곳이 정말 탐욕이 없는 샹그릴라가 아닐까 하는 생각이 들었다. 최소한 소도둑은 없다는 것을 증명하는 광경이기 때문이다.

고도가 점점 높아지는지 머리에 두통을 이고 가는 것 같다. 일행들에게 고산증이 힘들면 포기하고 리장으로 돌아가자고 했다. 그랬더니 모두 "곧 죽어도 고(go)"라고 한다. 여기저기서 담배 피우듯이 산소 한 모금씩 빠는 소리가 들렸다. 다들 힘들지만 마주하게 될 놀라운 풍경을 기대하는 모양이다. 이곳은 나도 처음인지라 정말 놀라운 경치가 있을지 살짝 걱정되어 차창 밖을 보니 자전거 하이킹을 하는 사람들이 심심찮게 스쳐 간다.

자전거 뒤에 짐을 가득 싣고 가는 모습이 무척이나 힘들어 보인다. 우리처럼 메리설산에 가는 사람이겠거니 생각하며 기사에게 어디를 가는 사람들이냐고 물었더니 티베트 라싸에 가는 사람들이라는데 무려 2개월이 걸리는 대장정이라고 한다. 등산을 좋아하는 사람이 에베레스트나 안나푸르나에 오르는 것이 꿈인 것처럼 자전거 하이킹을 하는 사람들에게는 라싸에 가는 것이 최고의 꿈일 것이다. 고난을 견디며 마음속 샹그릴라를 향해 한 발 한 발 페달을 밟는 사람들이 한없이 존경스럽다.

내 마음의 샹그릴라를 찾아서

제**2**편

탐욕 없는 삶,
바라거종

제2편

탐욕 없는 삶, 바라거종

[번즈란(奔子栏)과 금사월량만(金沙月亮湾)]

계속 고원을 향하여 오르막을 올라서인지 모두가 고산증으로 피곤해 하니까 기사가 잠시 쉬어가자며 강 쪽 내리막길로 접어든다. 그리고 몇 분 안 되어 작은 시가지의 좁은 길 번화가에 주차를 하더니 사진을 찍으며 구경하라고 한다.

그곳은 작은 면 소재지 규모의 주택 밀집 지역이었는데 계곡과 맞닿은 산비탈에 건물들을 지어놓아 돌아다니기 쉽지 않았다. 그래서 구경보다는 휴식을 위해 찻집 비슷한 업소에 들어갔다. 그런데 찻집이 아니었던지 차는 안 판다는 것이다. 할 수 없이 밖으로 나오는데 옆집의 계단이 옥상으로 이어져 있다. 호기심에 올라가 보니 시가지 전체가 보인다.

눈앞에 펼쳐져 있는 건물들이 비록 벽돌과 시멘트로 지은 현대식 건물이었지만 양식은 티베트 건축 양식으로 이국적인 느낌을 주기에 충분했다.

　사방이 높은 산으로 둘러싸여 있는 협곡에 금사강이 흐르고 거기에 사람들이 하나둘 집을 지어 마을을 만들었을 것이다. 농경지 하나 없는 협곡에 어떻게 이처럼 사람들이 많이 모여 살게 되었는지 궁금했다.

　언제부터인가 두통이 사라졌다. 옥상에서 내려와 기사를 찾았는데 조금 전에 하차했던 곳에 그대로 있다. 그곳에 마트가 있는데 아이스크림을 사면서 지명을 물어보니 번즈란이라고 하며 해발고도가 2,500m란다. 두통이 사라진 이유는 고도가 낮았기 때문이었다.

　아이스크림도 하나씩 먹고 두통도 사라졌으니 가벼운 마음으로 출발했다. 차는 다시 가파른 경사로를 기어올랐다. 차가 힘이 부치는지 운전기사는 에어컨을 껐다. 뜨거운 열기에 차창을 내리자 차가운 바람이 안으로 들어왔지만 살갗에 닿은 햇볕은 무척이나 뜨거웠다. 고도가 높아지면서 생기는 현상이다. 기사에게 이곳 사람들은 무슨 일을 하면서 사느냐고 물어보았다. 아마도 사람들이 모이는 중심지이므로 물건을 사고파는 일이 많을 것이라고 한다. 그도 그럴 것이 이곳이 우리나라 면사무소에 해당하는 인민정부(진)가 있는 소재지라 넓게 흩어져 살고 있는 사람들이 이곳에 와서 특산품을 팔고 생필품을 사 갔을 것이다.

차를 탄 지 20분이 지났을까? 도로 옆에 전망대가 하나 있다. 기사가 이곳을 들렀다 가겠느냐고 물었는데 아직 놀라울 만한 경치를 못 본 나로서는 어디라도 가야 할 처지에 있었으므로 생각할 필요도 없이 좋다고 했다. 겉보기에는 허름한 곳이지만 금사월량만이라는 관광지 간판을 걸고 입장료를 받고 있었다.

▌ 오메가 모양의 금사월량만

🎏 내 마음의 샹그릴라를 찾아서

입장료를 내고 안쪽으로 들어가 보니 해발 5,430m의 백마설산이 있는 산악지대 대협곡 위에 피라미드와 원뿔을 닮은 작은 봉우리가 서 있는데 그 아래로 금사강이 오메가(Ω) 형태의 긴 금빛 꼬리를 남기며 흐르고 있다. 이곳이 장강 상류의 한 물줄기로 쓰촨성을 거쳐 상하이 북쪽 황해에 이른다. 이처럼 경치가 좋은 곳이지만 가파른 지그재그로 이어진 도로 바로 옆에 있기 때문에 특별히 이곳을 아는 사람이 아니면 발견하기 어렵다고 한다. 우리는 운이 좋았다.

목재로 만든 전망대에서 바라본 금사강은 한걸음에 건널 수 있을 정도로 폭이 좁은듯하다. 아마도 1km가 넘는 거리에서 바라보았기 때문에 그렇게 보이는 것이리라. 강을 따라 나 있는 도로가 작은 실선처럼 가늘게 보이고, 천 길 낭떠러지 위에 서 있는 나도 한없이 작아지는데 때마침 불어오는 바람에 가슴이 덜컥 내려앉고 다리가 후들거린다.

【 백마설산을 넘다 】

가야 할 길이 멀어 다시 길을 재촉했다. 기사가 구불구불 나 있는 도로 위를 열심히 운전하면서 손으로 앞쪽에 있는 산을 가리키며 백마설산(白馬雪山)이라고 설명을 해준다. 바라보니 거대하고 육중한 산이 우뚝 서 있다. 가도 가도 닿지 않으면서도 항상 가까운 거리를 유지하고 있는 산, 마치 무지개처럼 혹은 짝사랑처럼 딱 그만큼의 거리에서 아른거린다.

얼마 전까지는 이름에 걸맞은 설산이었을 것이다. 초목이 없는 벌거
숭이 산 정상에 눈이 덮였던 흔적이 보인다. 아마도 지구 온난화 현상
으로 만년설이 모두 녹아 흘러내렸으리라. 아프리카 킬리만자로의 만
년설이 모두 녹아 없어졌다는 TV 다큐멘터리가 생각났다. 지구 온난화
는 누구라고 할 것 없이 우리 모두에게 책임이 있다고 한다. 그동안 즐
겼던 편함의 대가가 눈앞에 현실로 남아 있는 듯하다.

해발 높이 5,430m의 산 정상에 칼로 베인 듯한 아픔이 보는 이의 마
음을 파고들고 있다. 다시는 되돌릴 수 없다는 생각에 지구의 미래에
대한 걱정을 다 해본다.

차는 달리고 달려 백마고지에 근접하며 고개를 넘어가려는데 일행
중 L선생님이 스마트폰에서 앱을 실행해보고는 해발 4,500m라고 소리
쳤다. 잊었던 고산증에 대한 걱정이 되살아났다. 갑자기 긴장이 되는지
여기저기서 산소를 흡입하는 소리가 들린다.

▌ 해발 5,430m의 백마설산

가끔 TV 뉴스를 보면 시청자들이 몰라도 되는 소식들을 찾아내어 무슨 대단한 일이라도 벌어진 듯이 보도하는 것을 볼 때가 있다. 보도의 대상이 되는 사람도 소식을 접하는 사람도 아무 도움이 안 되고 오히려 해가 되는 경우도 있는데 이러한 소식을 심심치 않게 내보내는 이유는 무엇일까? 아마도 특종으로 주목을 받고 싶어서일 것이다. 최초, 최대, 최고라는 타이틀을 위해 보도가 사회에 미치는 영향이나 손익에 대하여는 별로 생각하지 않는 것 같다. 소소한 일상에서도 마찬가지다. 지금 해발 높이에 대한 특종으로 잊었던 고산병의 증상이 나타나고 있다. 머리가 서서히 아파져 왔다. 그럼에도 한 가지 위안이 되는 것은 일찍이 와보지 못했던 높은 곳에 왔다는 성취감이 그것이다.

차는 4,500m를 정점으로 내리막길에 접어들었다. 그리고 서서히 고도를 낮춰갔다. 더 이상 이보다 더 높은 고산지대는 가지 않을 것이라는 희망이 나를 안심시켰다. 지난 샹그릴라에서처럼 고통스런 밤이 되지 않길 바라는 마음이 간절했다. 산소의 소비량을 줄이려고 한 모금씩 아껴가며 마셨다. 그러나 흡입하는 횟수는 점점 많아지고 있다.

【 만년설에 빛나는 메리설산 】

가파른 고산(高山) 사이의 길을 따라 한참을 더 달린 끝에 어느 마을 입구에 도착했는데 수십 개의 백탑과 마니차가 줄지어 서 있다. 백탑은 벽에 하얀색을 칠한 라마불탑을 말하고, 마니차는 빙글빙글 돌릴 수 있는 원통으로 불경이 적혀 있다. 마니차를 한 번 돌리면 불경을 한 번 읽는 것과 같다고 하여 문맹자나 시간이 없는 사람에게 유용한 종교 시설물로, 샹그릴라 지역에서 자주 볼 수 있다. 우리는 차에서 내리자마자 여행자는 누구나 그래야 하는 것처럼 이곳저곳을 배경으로 사진을 찍고 마니차를 돌렸다.

여행에서 제일 큰 난관은 비가 내리는 것이다. 비가 오면 높은 산은 안개에 묻혀 아무것도 보이지 않는다. 그리고 우산이나 우비를 입어야 하므로 활동이 매우 불편해진다. 특히 사진을 찍을 때 어려움이 많다. 그래서 손은 마니차를 돌리고 있지만 머릿속에서는 간절히 기도를 했다. 비가 오지 않게 해달라고…. 아마 다른 사람들도 마찬가지이리라.

| 백탑과 다르촉

내 마음의 샹그릴라를 찾아서

다시 차에 올라 거대한 산맥의 틈으로 난 작은 길을 달리고 또 달리는데 산 위에 무지개가 떠올랐다. 우리의 간절한 기도를 들어주신 것일까? 선명한 무지개가 가까운 듯 멀리서 환하게 웃고 있다.

무지개를 본 덕분일까? 얼마 지나지 않아 멀리 메리설산이 그 자태를 나타냈다. 뾰족하게 생긴 산 정상에 하얀 만년설이 선명하다. 얼마나 높은 산이기에 한여름에도 눈이 녹지 않고 쌓여 있을까 궁금하여 인터넷을 검색해보니 해발 6,740m라고 쓰여 있다. 5,430m의 백마설산보다 무려 1,310m가 높다. 일행 모두가 이곳의 눈도 곧 녹아 없어질 것 같다는 데에 동의했다. 얼마나 빨리 없어질까? 우리는 지구의 앞날까지 걱정하느냐며 씁쓸한 농담을 주고받았다.

시간이 흐를수록 점점 가까이 다가오는 메리설산의 모습은 장엄했다. 그리고 우리가 하루를 묵어야 할 호텔에 대한 궁금증도 점점 커져만 갔다. 과연 깨끗하고 좋은 호텔일지, 또 설산이 잘 보이는 위치에 있는지도 궁금했다. 아직 객실료를 지불하지 않았기 때문에 언제라도 취소가 가능했으므로 스마트폰을 이용하여 더 좋은 호텔이 있는지 검색하였다. 그러나 어느 호텔이 더 좋은 곳인지는 알 수가 없었다. 그렇게 망설이는 사이 예약한 호텔에 도착하고 말았다.

왜 한 번 결정한 것에 대하여 확신을 가지지 못하는 것일까? 여러 가지 경우의 수를 자꾸 따져서는 아닐까? 호텔을 예약할 때에는 가격이 중요한 고려의 대상이었는데 막상 호텔에 도착해보니 경관과 같은 조건들이 가격보다 더 크게 부각되곤 했다. 그런데 스마트폰으로 더 좋을 것 같은 호텔을 찾아내고 보니 높은 가격이 결정의 번복을 가로막는다.

과연 높은 금액을 지불하면 그만큼 만족도가 높아질 것인가에는 확신이 없었다. 적당히 만족하는 길을 택하는 것이 현명할 것이라는 생각이 들었다. 그래서 처음 결정한 대로 체크인을 하기로 마음먹고 호텔 안으로 들어갔다.

호텔은 비수기라 그런지 매우 한산했다. 전망이 제일 좋은 방에 짐을 풀고 나서 호텔 직원은 우리를 메리설산이 보이는 옥상으로 안내해주었다. 방에서는 백마설산이 보였고, 옥상에서는 메리설산의 하얀 만년설이 보였다. 메리설산 아랫부분은 군데군데 눈이 녹아서 바닥이 드러나 있었지만 설산의 웅장한 모습은 보는 이로 하여금 신비감을 갖게 하기에 충분했다.

손님들이 편안하게 설산을 관람할 수 있도록 옥상에는 지붕과 유리벽이 설치되어 있었다. 나중에 알고 보니 이곳 호텔들은 나름의 생존 전략으로 시설이 낙후된 곳일수록 전망을 앞세워 고급 호텔과 경쟁을 하고 있었다. 다음 날 아침 일출을 편안한 장소에서 볼 수 있다는 것은 큰 행운이었다.

❚ 호텔 옥상에서 바라본 메리설산

이곳에서는 메리설산을 금산이라고 부르기도 하는데 그 이유는 일출 때 하얀 설산이 금색으로 바뀌기 때문이라고 한다.

오늘을 빨리 보내고 내일이 오기를 고대하는 마음으로 일찌감치 잠을 청했다. 그런데 이곳 호텔도 해발 3,200m의 고원에 자리를 잡고 있어서 그런지 온종일 몸이 피곤했음에도 불구하고 잠이 오기는커녕 서서히 머리가 아파져 왔다. 또다시 두통이 시작된 것이다. 새로 구입한 산소를 몇 모금 마시고 잠을 청하였지만 두통은 계속되었고 결국 또 밤을 새우고 말았다.

[황금의 일조금산(日照金山)]

일출 10분을 남겨두고 고산병으로 피폐해진 몸을 일으켜 바로 위층에 있는 옥상으로 올라갔다. 고원지대라 기온은 쌀쌀하지만 유리 벽으로 둘러싸여 있는 호텔 옥상은 살 속으로 파고들 바람과 한기를 막아주기에 충분했다. 카메라를 꺼내어 들고 달빛에 반사되어 창백해진 메리설산을 주시하는데 서서히 밝아오는 여명에 설산 정상의 하얀 눈이 선명해진다. 그런데 태양이 살짝 고개를 내밀었는데도 금산은 나타나 주질 않는다. 모두들 조금은 실망하면서 휴대폰 카메라로 사진을 찍으려는데 카메라 화면 속 메리설산이 황금색으로 변해 있었다.

비록 맨눈으로는 보이지 않았지만 카메라 화면을 통해서라도 일조금산을 볼 수 있어서 다행이라는 생각이 들었다.

　왜냐하면 처음 보는 명소를 배경으로 인증사진을 찍는 것이 여행의 큰 재미인데 메리설산을 배경으로 사진을 찍으면 자동으로 일조금산으로 바뀌기 때문이었다. 이날 옥상에 모인 숙박 손님들은 모두 카메라에 금빛 설산을 담아갔다. 태양이 어느 정도 떠오르자 더 이상 금빛이 나타나 주지 않는다. 다들 흩어져 객실로 되돌아갔고, 우리도 하루를 다시 시작하기 위해서 분주히 움직였다.

　하늘이 너무 맑아 육안으로는 금색이 보이지 않았던 것일까 하는 의문이 들었다. 아마도 직접 금빛 설산을 볼 수 있는 날도 있을 것이리라. 아침 식사를 마치고 다시 길을 떠나기 위해 차에 탑승했을 때 기사가 금산을 보았느냐고 물었던 것이 그 근거가 될 수 있을 것이다. 당일 날씨에 따라서 볼 수도 있고 못 볼 수도 있기 때문에 그리 물었던 것은 아니었을까?

　처음부터 일조금산을 기대하고 메리설산을 여행지로 택한 것은 아니었다. 여행 계획을 수립할 때에는 그 존재조차 알지 못했다. 그런데 운남성에 도착하여 메리설산으로 이동하는 중에 역 구내와 도로의 관광안내 표지판 등에 일조금산이라는 사진이 눈에 띄었다. 다가올 앞일을 미리 알 수 없듯이 여행길도 마찬가지라는 생각이 들었다. 가다 보면 좋고 아름다운 일도 있을 것이고, 뜻하지 않은 고난을 만날 때도 있을 것이다. 하지만 여행길에서는 멋진 일이 더 많을 것이다. 그도 그럴 것이 여행을 떠나기에 앞서 일정을 치밀하게 짜놓을 것이기 때문이다.

우리 인생길도 이처럼 치밀하게 계획을 세울 수만 있다면 정말 아름다울 것이다. 사람을 만나는 일도 이와 같지 않을까? 만나면 무엇을 할지, 몇 시에 무엇을 먹을지, 먹고 나서는 무슨 차를 마실지, 그리고 중요한 것은 만날 사람이 무엇을 좋아할지를 사전에 알아보고 계획을 세운다면 만남의 의미가 더 깊어지지 않을까 상상해본다.

[바라거종(巴拉格宗)을 찾아서]

메리설산을 빠져나와 다시 오던 길을 되돌아갔다. 한 번 와봤던 길이라 경이로운 눈으로 창밖을 볼 일은 없을듯하다. 대수롭지 않게 초점 없이 밖을 바라보는데 멀리 메리설산이 잘 가라고 마지막 인사를 한다. 언제 다시 만날지 기약도 없는 석별의 정을 위해 잠시 차에서 내려 카메라 셔터를 눌렀다. 그리고 다짐했다. 언젠가 기회가 되면 또 오리라고….

멀어지던 메리설산은 차가 산허리 커브 길을 돌자 영영 보이지 않았다. 이제 정말 머릿속으로만 기억해야 한다. 더 이상 창밖을 봐도 신기할 것이 없다는 생각이 들어서인지 눈꺼풀이 무거워진다. 그리고 얼마만큼 시간이 지났을까? 눈을 떠보니 차는 어느새 협곡 아래 좁은 도로 위를 달리고 있다. 기사에게 얼마나 가야 하느냐고 물었더니 거의 도착했다고 한다.

나는 안도의 한숨을 쉬었다. 무엇보다 반가운 것은 최소 1km는 고도가 낮아져 이제 더 이상 고산병으로 고생하지 않아도 되었다. 말로만 들었던 고산병의 무서움을 체험했던 터라 이후로는 고원지방에 간다는 생각만으로도 고통스러웠다. 다행히 지금 협곡을 따라 가고 있기 때문에 계곡에 위치해 있는 바라거종의 호텔은 더 이상 고도가 높아질 수 없을 것이다.

영화에서의 샹그릴라는 탐욕이 없는 낙원이라고 했는데 정말로 그런 것인지 인가 하나 없는 도로 위를 소 떼들이 유유자적 거닐고 있다.

❚ 바라거종에서의 소떼들

▌도로에서 싸움에 열중인 소들

　샹그릴라에 진입하고부터는 도로 위에서 쉬고 있는 소 떼들을 자주 볼 수 있었다. 넓은 초원에서 풀을 뜯고 있는 소 떼들도 많았는데 그 주위에 사람이 전혀 보이지 않았다.

　그렇다고 소를 줄에 매어놓지도 않았다. 이 지역 소들은 아침이 되면 스스로 풀을 뜯으러 나갔다가 저녁이 되면 집으로 돌아간다는 이야기를 들었다. 소들은 주기적으로 소금을 먹어야 생존을 할 수 있는데 아침에 배가 고프면 풀을 찾아 떠났다가 저녁이 되면 소금이 있던 자리로 되돌아오는 본능이 있다는 것이다. 자연의 신비가 아닐 수 없다.

　잠시 엉뚱한 생각을 하는 사이에 바라거종의 호텔 앞에 당도했다. 티베트 양식의 건축물이라고 한다. 우리는 간단하게 체크인을 한 다음 객실에 짐을 놓고 나왔다. 점심을 빨리 먹고 바라거종 여행을 하기 위해서다. 기사가 이곳에는 적당한 식당이 없으므로 호텔 식당에서 먹자고 하여 그렇게 했다.

식당을 나와서 드디어 바라거종 여행을 시작하였다. 셔틀버스를 타고 협곡 구석구석을 다니는 일정이었는데 뜻밖에도 우리 호텔에서 약간만 걸으면 당도할 정도로 매우 가까운 곳에 입구가 있었다.

바라거종은 샹그릴라 북서쪽과 티베트 그리고 사천성의 접경지대에 위치해 있는데, 이곳에는 샹그릴라에서 제일 높은 해발 5,545m의 거종 설산이 있고 해발 2,650m의 최저점에는 계곡이 흐르고 있다.

'바라'는 쓰촨성 서쪽 끝에 있는 작은 도시 바탕에서 옮겨온 티베트인의 마을을 뜻하는 티베트어에서 유래되었다고 한다. 1,300년 전, 잦은 전쟁에 지친 어느 티베트 마을 수령이 부와 넓은 강토를 포기하고 전쟁과 다툼이 없는 성지를 찾아 그의 부족을 이끌고 바탕에서 멀리 남쪽으로 내려와 이곳 바라거종에 정착하였다. 그리고 이곳에서 대대손손 살면서 원주민이 되었는데 외부로 통하는 길이 없다 보니 외부와 단절된 세외도원과 같은 낙원에서의 삶을 살았다고 전해진다.

[감추어진 삶, 바라촌(巴拉村)]

5,000m가 넘는 산으로 둘러싸여 있는 바라거종의 신비를 감상하려면 우선 입장권을 구입해야 했다. 셔틀버스를 타고 좁은 산비탈 절벽 길을 달려야 하기 때문에 많은 차가 한꺼번에 올라갈 수는 없어 버스마다 출발 시간이 정해져 있다고 한다. 의자도 없는 골목길에서 한동안 서성인 후에야 비로소 버스에 오를 수 있었다.

▌잔도에서 내려다본 계곡

버스가 출발하자 바라거종을 소개하는 비디오가 방영되었다. 첩첩
산중 고립된 땅에서 사람들은 풍족한 생활은 하지 못했을 것이다. 더구
나 12월부터 5월까지는 빙설(氷雪)에 덮일 정도로 춥기 때문에 더욱 그
렇다. 그래서인지 비디오는 풍요로운 삶보다는 바람이 경전을 읽어주
는 다르촉과 신께 기도를 올리는 티베트인들 그리고 신비한 자연을 주
제로 바라거종을 소개하고 있다. 차에서 내려 관람하게 될 주요 지점에
대한 설명을 이렇게 비디오로 미리 해주고 있었다.

셔틀버스는 티베트 문화체험관을 경유하여 잔도에 도착하였다.
5,545m 높이의 거종설산 상층부 절벽에 설치된 잔도에 서니 협곡을 따
라 흐르는 강줄기가 소인국처럼 작게만 보인다.

발아래 까마득한 낭떠러지를 뒤로한 채 다시 셔틀버스를 탔다. 바람
에 흘러가는 구름을 탄 듯 버스는 고산지대의 좁은 절벽 길을 종횡무진
달려 바라촌에 당도했다. 얼마나 많이 이 길을 달렸을지 버스기사의 능
수능란한 운전 솜씨가 참으로 경탄스럽다.

▌ 천 길 낭떠러지 위의 바라촌

차에서 내려 바라촌에 발을 내딛는 순간 거종설산의 절벽 위 백탑 옆으로 매달려 있는 다르촉이 하늘을 향해 힘차게 펄럭이고 있다. 나를 스쳐 지나간 바람이 경전을 대신 읽어주며 천상천하유아독존 신이 머물고 있는 산정에 오르고 있는 듯하다.

거대한 산에 둘러싸이고 협곡에 가로막힌 첩첩산중에 무릉도원을 이루고 산 티베트인들의 삶은 어떤 것이었을까 하는 궁금증이 떠나지 않고 맴돈다. 목조로 지어진 민가에 들어가 보니 옛날 그대로의 모습으로 관광객들을 맞이하고 있다. 그곳의 티베트인이 손님들에게 차를 팔고 있는데 전통차인 듯 익숙지 않은 맛이다.

목조주택의 장탁자 앞에 둘러앉아 티베트족 원주민이 내어주는 차를 마시는 운치는 말로 표현할 수 없다. 그저 오늘 하루 머물다 갔으면 하는 생각이 들었지만 다음 여정을 위해 떠나야 하는 것이 여행자의 처지이므로 어쩔 수 없이 발길을 돌릴 수밖에 없다.

바라촌을 뒤로하고 버스에 올라 다시 왔던 길로 되돌아가는데 샹그릴라 대협곡이 눈앞에 펼쳐진다. 협곡의 길이는 154km라고 하는데 산세가 크고 물이 깊어 계곡이라기보다는 하나의 작은 강이라는 생각이 들었다.

버스에서 내려 강을 따라 끝없이 이어져 있는 잔도에 들어섰다. 강물이 나의 발길을 따라 흐르는지 나를 향해 흘러 내려오는지 알 수 없을 정도로 물의 흐름이 고요하다. 많은 관광객들이 잔도의 끝에는 무엇이 있을까 궁금해하며 걷고 있다. 그런데 맞은 편에서 다가오는 사람들의 얼굴은 무표정하고 힘이 없어 보인다. 만족스런 얼굴은 아닌 것 같다. 지나는 사람에게 물어보니 그다지 굉장한 경치는 아니라는 대답이다. 고산지대를 종일 다녀서인지 피곤해서 그냥 되돌아가기로 했다. 잔도의 끝에 대한 궁금증이 발걸음을 무겁게 한다.

▌샹그릴라 대협곡

【 작별을 고하며 】

　이제 바라거종에서의 여정을 마치고 인간세상으로 가야 할 시간이다. 바라거종에서의 마지막 밤을 보내려니 잠이 잘 오지 않는다. 계속 뒤척이다 이른 아침 호텔 밖으로 나와 보니 계곡 건너편 산 절벽에 바위를 쪼아 만든 좁은 잔도가 있다.

　도로가 나기 전에는 이곳이 세상과의 유일한 통로였다고 한다. 잔도는 두 사람이 겨우 다닐 수 있을 정도로 좁고, 키가 조금만 커도 천장에 머리를 부딪칠 만큼 낮다. 아마도 이 길을 통해서 세상과의 교역이 이루어졌을 것이다.

▌세상과의 유일한 통로였던 잔도

　　　　　　　　　　🛬 내 마음의 샹그릴라를 찾아서

마방들이 차나 소금을 싣고 와서 특산품과 바꾸어 갔을지도 모른다. 또한 누군가는 더 나은 낙원을 꿈꾸며 세상 밖으로 탈출을 시도했을지도 모를 일이다. 그가 기성세대에 반기를 든 소년일 수도 있고, 이루어질 수 없는 사랑 때문에 떠나야 하는 슬픈 연인일 수도 있었으리라. 하지만 이 길로 오갔던 사람들은 대부분 생계를 위해서 또는 새로운 세상을 만나기 위해 모험을 감행하였을 것이다.

우리는 가끔 어디론가 떠나고 싶을 때가 있다. 그 길이 험하고 끝을 알 수 없는 미로와 같은 길일지라도 단조로운 일상이 반복되는 생활을 하고 있다면 더욱 그렇다. 그러나 떠나고 싶다고 해서 쉽게 떠날 수 있는 사람은 그리 많지 않다. 그동안 살아왔던 삶의 영역에서 벗어났을 때 직면할 난관이 두렵기 때문이다. 하지만 우리가 직면하게 될 어려움은 굴착기가 없던 시대에 망치와 정을 가지고 바위를 조금씩 쪼아 길을 만들었던 사람들의 용기에 비하면 아무것도 아닐 것이다.

아침 식사를 하고 차에 몸을 실었다. 계곡 건너에 우리가 묵었던 티베트식 호텔이 아쉬운 듯 내가 시야에서 사라질 때까지 내내 서 있다. 신선들이 사는 세상에서 인간세계로 떠나는 나를 연민의 눈으로 바라보고 있는 듯하다.

바라거종의 경치들이 사라져 가자 이곳에 들어올 때 마주쳤던 소 떼들이 도로에 배를 깔고 누워 있다가 게으른 움직임으로 비켜선다. 아직 바라거종을 벗어나지 못한 것인지 소 주인의 모습은 보이지 않는다. 탐욕이 없는 이곳에는 남의 재산에 손을 대는 사람이 없다.

얼마만큼 갔을까? 점차 사람들이 살고 있는 세상으로 나가고 있다는 느낌이 들기 시작했다. 도로를 점령했던 소 떼들의 수가 줄어들고 있다. 인간계가 가까워지고 있다는 생각에 어깨에 멘 가방이 신경 쓰인다. 가방 안에 넣어둔 이런저런 물건들이 잘 있는지 가끔씩 만져보며 확인해보는 횟수가 점차 늘어나고 있다. 바라거종에서 놓아버렸던 걱정거리가 하나둘 늘어만 간다.

제**3**편

마방의 꿈을
꾸는 집으로

제3편

마방의 꿈을 꾸는 집으로

[다시 세상 속으로]

　바라거종을 빠져나와 다시 세상 속으로 가기 위해 왔던 길로 되돌아
가고 있다. 바라거종에서 멀어질수록 인간이 가지고 있는 소유권이라
는 탐욕이 되살아나는 것일까? 바라거종에서는 주인 없이 알아서 풀을
뜯고 저녁이 되면 스스로 귀가하는 소들이 한가로이 제 볼일을 보고 있
었는데 그곳에서 멀어질수록 자유가 줄어들고 주인의 관리가 많아지고
있다.

▐ 주인과 함께 도로 위를 가고 있는 소 떼들

과연 소들은 스스로 풀을 찾아 뜯어야 하는 곳보다 주인이 안내하는 대로 편하게 풀을 뜯을 수 있는 세상을 더 좋게 여길까?

바라거종을 출발하여 세상으로 나가는 길은 하늘로 이어져 있을 것이라는 착각이 들 정도로 조금씩 경사를 높여가고 있다. 리장으로 가기 위해서는 우선 샹그릴라를 지나야 하기 때문이다. 해발고도가 3,000m에 육박하자 또다시 두통이 시작되었다. 덩달아 산소 흡입하는 소리가 여기저기서 들려오고 도로는 절벽 위에 놓인 잔도처럼 아찔하기만 하다.

1Km가 넘을 것 같은 거리의 절벽 아래에는 실개천처럼 작아 보이는 계곡이 흐르고 고개를 들면 1km가 넘어 보이는 높이에 산 정상이 있다. 구름이 그 중간지점에 뭉게뭉게 모여 있다가 무대에 장막이 걷히듯 실낱같은 바람에 사라져 버리면 거기에 천 년 전부터 신을 모시고 살았던 티베트인의 집이 언제나 그랬던 것처럼 서 있다. 그리고 집으로 가는 길 입구에 신앙의 상징인 하얀 백탑이 신계(神界)에 와 있음을 알려주고 있는 듯하다.

백척간두에 집을 지어 살고 있는 사람들은 어떤 사람들일까? 절벽 밑 계곡에 모여 있던 구름이 산 정상을 향해 올라간다. 낯선 길손에게 집주인의 세계를 보여주려는 것 같다. 건너편 산에는 정상을 향해 지그 재그로 그어진 실선이 있고 누군가 개미처럼 그 실선 위를 걸어 산을 오르고 있다.

멀리서 제3자의 눈으로 바라보는 나그네에게는 무모해 보였지만 그도 그 나름대로 목적이 있으리라. 어디에서 왔을까? 그가 왔던 길에는 듬성듬성 하얀색의 집들이 있고, 위아래로 다랑이밭들이 그의 고달픈 삶을 말해주고 있다. 그가 가고 있는 방향 앞에는 희끄무레한 점들이 가물거린다. 아마 양 떼인 듯싶다. 아무리 탐욕과 걱정이 없는 샹그릴라라고 하여도 사는 일은 힘이 드는 것 같다. 그래도 잠시 시간을 멈추어놓고 나도 샹그릴라의 일부분이 되어보는데 갑자기 바람이 불어와 오색의 룽따(기도깃발)를 일으켜 세우고 지나간다.

▌ 협곡에 형성된 마을

[호도협으로 가는 길]

샹그릴라 고원을 빠져나와 호도협으로 향했다. 호도협은 샹그릴라현에 속하지만 리장 쪽에 가깝다. 기사가 이제는 해발이 낮은 곳으로 가고 있으니 남아 있는 산소를 다 마시라고 한다. 고도가 낮아질수록 두통이 사라지고 있으므로 더 이상 산소를 흡입할 필요가 없지만 남은 산소가 아까워서 그냥 다 마셨다. 저원(低原)에는 산소가 많아 별도의 산소를 마실 필요가 없는데 그냥 버리기는 아깝다는 생각이 드는 것은 왜일까?

▌ 고원의 호수 납파해

의미 없는 산소를 마시고 있는데 앞에 호수가 보였다. 납파해(纳帕海)라는 이름의 해발 3,266m에 있는 호수이다. 겉으로 보아서는 그냥 동네 저수지와 같은데 고원에 있다고 하니까 신비해 보이고, 물속에 비치인 하늘은 하얀 구름도화지에 코발트색 물감을 몇 줄 칠해놓은 것 같다. 멀리서 단체 관광객으로 보이는 사람들이 논둑 같은 길을 따라 물가까이에 가서 사진을 찍고 있다. 그런데 어쩐지 가고 싶지는 않다. 왜냐하면 그 모습이 꼭 서울 사람들이 시골 저수지를 처음 보고 신기해하는 그런 모습이었기 때문이다. 사실 시골에 있는 저수지와 똑같다. 그래도 그냥 가기에는 왠지 서운할 것 같아 사진 한 컷을 찍어본다.

다시 차를 타고 호도협으로 향했다. 왔던 길을 되돌아가는 것이므로 재방송을 보는 것과 같아 잠을 청했다. 그리고 얼마만큼 시간이 지났을까? 호도협진에 도착했다. 호도협진(虎跳峽鎭)은 인구 2만여 명이 살고 있는 우리의 면(面)에 해당하는 지역으로 한족, 이족, 나시족, 티베트족, 백족, 묘족, 회족 등 다민족 잡거지역이라고 한다. 약간의 시가지가 형성되어 있어서 우선 이곳에서 점심 식사를 하였다. 식사를 마친 후 호도협에 갈 것이다.

호도협은 세계 10대 코스 중 하나로 소개될 정도로 유명한 트레킹 코스라고 한다. 협곡의 길이는 17km 정도이며 남쪽에 있는 5,596m의 옥룡설산과 북쪽에 있는 5,396m의 하바설산이 30~60m의 거리를 두고 맞닿아 협곡을 형성하고 있다. 가파르고 좁은 협곡에 많은 물이 유입되므로 물살이 급하고 세찰 수밖에 없는 조건을 가진 지형이다. 그래서인지 물 흐르는 소리가 우렁차서 마치 호랑이가 포효하는 듯하고, 호랑이가 뛰어 건널 만큼 좁아 호도협이라는 명칭이 유래되었으리라는 생각이 들었다.

식사를 마치고 설레는 마음으로 호도협 방향으로 진입하려는데 두 명의 경찰이 길을 막는다. 폭우로 사고구간이 생겨서 갈 수 없다는 것이다. 이게 웬 날벼락 같은 소리인가? 오늘 가지 않으면 언제 다시 보러 온단 말인가? 차에서 내려 경찰들에게 하소연해보지만 위험하여 갈 수 없다는 말만 되풀이한다. 참으로 난감하다.

【 낭만의 옛 도시, 리장 】

호도협을 포기하고 리장으로 가는데 기사가 천고정(千古情) 공연을 보지 않겠느냐고 권유한다. 내가 관심을 보이지 않자 한동안 잠잠하다가 시간이 좀 지난 뒤에 또 권유한다. 아마도 우리가 공연을 보면 얼마간의 수입이 생기는 것 같은 눈치다.

3박 4일간 운전하느라 고생한 친구인데 조금은 기여를 해주고 싶기도 하고 또 여기까지 와서 고산병으로 고생했는데 공연을 보면서 낭만을 즐기는 것도 좋을 것이라는 생각이 들어 비용을 기사에게 건네면서 예약을 부탁했더니 갑자기 콧노래를 부르며 운전을 한다. 즐거워하는 모습이 참 좋다.

예정대로 이날 호도협을 갔었더라면 이튿날은 차마고도에서 말을 탈 계획이었다. 그러나 리장으로 가는 길에 있는 차마고도 승마장을 지나는 순간 그곳이 산길일 것이라는 상상이 잘못되었음을 알았다. 기사가 평지의 호수와 도로 옆에 형성되어 있는 마을을 가리키며 차마고도라고 하는 것이다. 여러 팀의 관광객들이 말을 타고 먼지 날리는 길을 지나가는 광경을 보게 되자 차마고도 트레킹 계획을 바꾸어야겠다는 생각이 들었다. 그래서 기사에게 말을 타지 않고 내일 호도협에 가겠다고 하였더니 입장이 가능한지 알아보고 결정하자는 대답이다. 우선 시간이 남아 리장고성으로 갔다.

리장고성에는 차 진입이 금지되어 입구에서 내려 안으로 걸어 들어갔다. 명칭은 고성(古城)인데 성벽이나 성문은 보이지 않는다. 사실 중국에서의 고성은 오래된 성보다는 오래된 도시라는 의미가 크다.

여행 시즌이라 그런지 고성 안은 인파로 붐볐다. 우리는 저녁에 천고정 공연을 봐야 했기 때문에 고성을 둘러볼 시간이 넉넉하지 못했다. 그래서 서둘러 돌아다녀야 했지만 앞사람을 추월하기가 어려울 정도로 사람들이 많았다. 우리는 고성에서 가장 높은 곳에 위치해 있는 만고루 쪽으로 가서 도시 전체를 조망하기로 했다. 오래전에 한 번 와봤기 때문에 이런 생각을 해낼 수 있었던 것이다.

▍ 리장고성의 수차

만고루 인근에 다다르자 찻집이 즐비하다. 음악과 차가 있고 전망대처럼 고성 전체를 조망할 수 있는 위치에 있다. 순간 만고루에 가면 적지 않은 입장료를 내야 하는데 그 돈으로 여기 찻집에서 차를 마시고 음악을 들으며 고성을 보는 것이 더 낭만적이라는 생각이 들었다. 찻집 안으로 들어가 전망이 좋은 창가의 자리를 찾았으나 이미 점령이 되어 있다. 할 수 없이 창가에서 조금 떨어진 자리에 앉아 메뉴판을 살펴보니 제일 저렴한 차의 가격이 만고루 입장권보다 비싸다. 역시 세상에 공짜는 없는 것 같다.

잠시 후 창가에 앉아 있던 사람들이 자리에서 일어나기 시작했다. 명당자리를 남에게 빼앗기지 않기 위해 그들이 자리를 뜨기도 전에 다가가자 선심 쓰듯이 자리를 양보해준다. 어차피 나갈 사람들이지만 자리를 비켜주는 친절을 베풀어주자 고마운 감정이 솟아오른다. 작은 배려가 얼마나 큰 감동으로 다가오는지 실감하는 순간이다. 고마운 감정을 가지고 밖을 바라보니 리장의 이국적 풍경이 파노라마처럼 펼쳐져 있다. 여행의 피로가 말끔히 사라져 간다.

[천고정(千古情)과 마방의 꿈]

찻집에서 나와 차에서 내렸던 장소로 되돌아가려고 길을 찾는데 인파로 가득 차 있는 수많은 골목길은 마치 미로처럼 방향을 분간하기 힘들다. 예약된 공연 시간에 도착하려면 빨리 가야 했는데 일행 중 한 명이 내비게이션을 활용해보자고 한다. 그래서 중국의 바이두 지도를 실행하였더니 길 찾기가 금방 해결되었다.

퇴근길 차량 사이를 헤치고 20분쯤 달려 드디어 목적지에 도착했다. 공연장은 그 규모가 놀이공원처럼 컸고, 내부에는 음식과 기념품을 파는 매장들이 있는데 많은 인파로 붐비고 있다. 조금 늦게 도착한 덕분에 저녁 식사를 할 시간이 없어서 노점에서 양꼬치 등 간식거리를 사 먹는 것으로 대충 식사를 때워야 했다. 그리고 시간이 되어 입장했는데 한 번에 수천 명이 관람할 수 있을 정도로 넓은 공연장이 얼마 안 되어 만석이 되는가 싶더니 불이 꺼지면서 공연이 화려하게 시작되었다.

서막은 나시족이 창조한 동파문명에서 시작된다. 나시족은 지혜롭고 유구한 민족으로 먼 옛날 고난의 생존환경에서 찬란한 동파문명을 창조했다는 내용이 연출된다. 평화롭고 아름다운 루구호수와 신비한 루구 여인국에 관한 내용으로 이곳에 살고 있는 나시족의 한 갈래인 모쒀

인은 세계 유일의 모계 씨족사회를 이어온 종족이며, 지금도 남자는 장가가지 않으며 여자는 시집가지 않는 주혼의 풍습이 남아 있다고 한다.

주혼이란 낮에는 남녀가 각자의 집에서 생활하고 밤에만 여자의 집에서 부부생활을 하는 형태로, 상대에 대한 선택권은 여자에게 있고 아이를 낳으면 여자의 성을 따르게 된다는 것이다. 남자에게는 양육, 재산, 친권 등 아무런 권리가 주어지지 않으며 주혼 관계는 여자가 문을 열어주지 않거나 그만 오라고 하면 끝이 난다고 한다. 좌우지간 여기서는 남녀의 아름다운 사랑 이야기가 펼쳐진다.

▎천고정의 서막

또 하나의 장면은 마방에 관한 이야기로 평탄치 않았던 차마고도 마방들의 이야기가 펼쳐진다. 마방들이 사랑하는 연인과 작별을 하며 길을 나서고, 험난한 차마고도에서 비바람을 만나 일행 한 명이 협곡의 줄다리에서 떨어지게 되는데 목숨과도 같은 차 한 자루를 구하기 위해

잡고 있던 일행의 손을 놓아 죽음을 택하는 마방들의 처절한 삶을 연출한다. 그리고 우여곡절 끝에 다시 길을 떠나지만 도적들을 만나 모든 것을 다 잃고 몇 명만 살아서 집으로 돌아오고, 사랑하는 사람을 잃은 여인들은 절규하는 가슴 아픈 이야기다.

차마고도는 대대로 남방의 실크로드처럼 번성해왔고, 중국 서남 소수민족이 외부와 문명교류를 해온 길이었으며, 리장은 지금까지 차마고도의 독특한 특색을 가진 중계 집산지였다. 그리고 나시족은 사랑의 자유를 숭상하는 민족으로서 슬프고 아름다운 사랑을 위해 샹그릴라를 뜻하는 불국정토 샹바라(香巴拉)를 찾는다고 묘사되며 이야기가 끝난다. 지금도 많은 사람들이 이곳을 찾고 있는데 누구에게나 가지고 있는 그들만의 샹바라를 찾아오는 것은 아닐까?

공연은 끝났는데 처절하고도 아름다운 마방들의 삶과 사랑 이야기는 감동과 긴 여운을 남긴다. 입체적이고 몽환적으로 이야기가 펼쳐져 잠시도 지루함을 느낄 사이가 없다.

❙ 9명이 조합을 이뤄 만든 새

실제로 무대와 관객의 눈앞에 폭포수가 쏟아지고 거의 서커스 수준의 공연이 펼쳐진다. 9명의 배우가 한 마리 새처럼 공중에서 날갯짓하는 묘기도 연출하는데, 이처럼 경이로운 공연을 할 수 있는 역량은 어디에서 오는 것일까? 그것은 대공연장 객석을 가득 채운 관객들에게서 나올 것이다. 적지 않은 입장료임에도 기꺼이 공연을 관람해주는 문화가 부럽다.

[옥룡설산과 하바설산 사이]

다음 날 호도협 입장이 가능하다는 연락이 왔다. 그래서 일찍 출발하려고 이른 시간 아침을 먹으러 식당으로 갔다. 우리가 아무도 없는 식당 안을 기웃거리자 종업원이 다가와 아직 식사 시간이 아니니까 좀 있다가 오라고 한다. 그래서 일단 옥상으로 올라갔는데 눈앞에 옥룡설산이 보인다.

❚ 호텔에서 바라본 옥룡설산

하지만 해발 5,596m의 옥룡설산은 이름에 걸맞지 않게 눈(雪)이 보이지 않는다. 몇몇 손님들이 케이블카를 타고 정상 부분에 다녀왔다고 말하며 눈을 보았다고 한다. 아마도 지구 온난화로 대부분 녹아 없어지고 정상에 소량만이 남아 있는 것 같다. 시시각각으로 본래의 모습을 잃어가는 지구의 모습이 세월 가는 대로 변해 가는 나의 모습과 같다는 생각이 든다.

아침 식사 후에 호도협으로 가기 위해 배낭을 호텔에 맡기고 렌터카에 올랐다. 이날은 원래 리장 시내를 둘러보기로 했으나 여기까지 와서 호도협을 못 본 것이 아쉬워 적지 않은 추가금액을 지불하고 다시 가기로 하였던 것이다. 그런데 그동안 운전을 해줬던 나시족 기사가 접촉사고로 차를 수리해야 한다며 다른 렌터카에 우리를 인계했다. 우리야 목적지에 다녀오면 되므로 문제가 될 것은 없었다.

새로운 기사는 백족이라고 했다. 전에 비하면 매우 밝고 낙천적인 성격인지 잠시도 쉬지 않고 이곳저곳에 대하여 설명을 해준다. 더구나 표준에 가까운 발음으로 말을 하니 알아듣기가 수월하다. 몇 시간을 침묵하며 갈 때는 지루하고 목적지가 멀게만 느껴졌는데 기사와 몇 마디 대화를 나누노라니 시간이 더 빨리 간 것처럼 금방 호도협에 도착했다.

호도협 주변은 산세가 험하여 폭우가 내리면 도로에 낙석이 자주 떨어진다고 한다. 그때마다 호도협을 통제하는데 가는 날이 장날이라고 하필이면 전날 폭우가 쏟아졌던 것이다. 한국에서 직선거리로 2,700km 떨어진 샹그릴라까지 와서 호도협을 못 보고 갈 위기에 처했는데 다행히 도로가 복구되어 이튿날 다시 오게 된 것이다.

주차장에서 아래쪽으로 이어진 계단이 꽤 길었지만 설레는 마음으로 단숨에 뛰어 내려갔다. 협곡에 물줄기가 거세게 요동치며 흘러가고 물가에 호랑이 동상이 포효하며 서 있다. 중국에서 가장 긴 장강의 물길이 이곳에서는 금사강으로 불리며 호도협을 지난다.

호랑이가 뛰어넘을 수 있을 만큼 폭이 좁은 호도협에 강물이 한꺼번에 들이닥치니 요란한 포효소리와 함께 강바닥이 뒤집힐 정도로 요동을 친다. 누가 발을 잘못 디디기라도 한다면 그야말로 뼈도 못 추릴 것이다. 자연의 힘은 인간이 아무리 강하다고 한들 함부로 거스르지 못할 것이다. 장엄한 자연의 힘 앞에 인간이 할 수 있는 일이라고는 감탄과 인증사진을 찍는 일뿐이다. 그리고 한없이 그 앞에 서 있을 수는 없으므로 되돌아가야 했다.

내려올 때는 빨리 보고 싶은 마음에 단숨에 내려왔지만 올라갈 때는 그리 만만한 등산길이 아니었다. 아무리 계곡이지만 2,000m가 넘는 고원이라 숨이 차고 피로가 밀려온다. 흐르는 땀을 훔치며 몇 번을 쉬고 나서야 주차장으로 복귀할 수 있었다. 그리고 다시 왔던 길을 거슬러 리장에서의 마지막 오후 시간을 보내기 위해 리장고성을 찾았다. 그런데 전날 봤던 곳이고 지금까지 보지 못했던 대자연의 신비를 방금 보고 와서 그런지 별다른 흥미를 느낄 수 없다. 하는 수 없이 족욕 가게에서 발 마사지를 받고 밖으로 나오니 2시간이 훌쩍 넘어 있었다.

❙ 리장역에서

서둘러 호텔로 가서 짐을 찾아 리장역으로 갔다. 이날은 야간 침대열차를 타고 쿤밍으로 가는 날이다. 다음 날 새벽 쿤밍에 도착하면 호텔 객실을 빌려 세면을 하고 지하철로 동부터미널에 간 다음 시외버스를 이용하여 석림으로 갈 작정이었다. 쿤밍역에서 리장역으로 올 때는 별도의 발권 절차 없이 인터넷 예약번호와 여권만 가지고 고속열차를 탈 수 있었다. 그런데 이번에 이용하는 일반열차는 매표창구에서 예약번호와 여권을 제시하여 기차표를 받아야 했다. 아마도 KTX와 무궁화 열차의 차이점일 것이다.

리장역 구내에는 식당이 없다. 아직 식사 전이라 어쩔 수 없이 매점에 들어가 중국 컵라면을 사서 저녁 식사로 먹었다. 중국 역 구내에는 뜨거운 식수가 무료로 제공되어 가능한 일이다. 라면 국물의 향과 양념이 우리나라 것과 좀 달라 건더기만 건져 먹었지만 그럭저럭 맛은 괜찮다.

기차에 올라 예약된 일등석 침대가 있는 객실 문을 열고 들어가 보니 이미 어느 부부가 자리를 잡고 있다. 한 방에서 잠을 자야 하므로 서먹하지 않게 통성명을 했다. 그들은 동베이에서 온 사람으로 우리가 한국인이라는 것을 알고 매우 호감을 가지고 반겨주었다.

부부가 여름 휴가를 내고 우리보다 더 먼 거리에서 여행을 온 것이다. 그들은 꾸이양으로 갈 계획이라고 했다. 잠시 하룻밤을 스쳐 지나가는 인연이지만 연락처를 주고받았다. 그리고 지금도 가끔씩 안부를 물으며 관계를 이어가고 있다. 모두가 소중한 친구들이다.

▌열차 객실에서 만난 동베이 친구

[안녕! 쿤밍 그리고 석림]

다음 날 아침 쿤밍역에 도착했다. 아직 여명도 없는 이른 새벽이다. 우선 가까운 2성급 호텔로 들어가 대실 가능 여부를 물으니 외국인은 안 된다고 한다. 할 수 없이 쿤밍 도착 첫날에 투숙했던 호텔로 가서 2시간 대실을 하고 일행들에게 1시간의 시간을 줬다. 시간 안에 세면과 아침 식사, 양치질을 마친 다음 지하철을 타고 동부터미널로 갈 것이다. 그리고 짐을 맡기고 석림행 시외버스를 타면 시작이 반이라고 이날 일정은 거의 마무리될 것이다.

시외버스를 타고 깜박 졸다가 깨어보니 석림풍경구 터미널에 도착해 있다. 버스에서 내려 승객들이 많이 이동하는 쪽으로 따라갔다. 단체 관광객이 여기저기 눈에 띄고 그 중 한가하게 서 있는 가이드에게 전동차 타는 승강장이 어디냐고 물어보니 손가락으로 가리켜준다.

여기가 맞는지 긴가민가하며 기다리는데 개별로 온 관광객인 산커들이 하나둘 모여들었다. 그리고 곧 전동차가 와서는 우리를 싣고 풍경구 입구에서 내려주었다. 석림은 2013년에 한 번 와봤던 곳이지만 처음 와본 일행들을 위해 전날 야간열차를 이용, 이동 시간을 절약하여 석림 여행 시간을 벌었다.

처음 석림을 본 일행들은 샹그릴라의 웅장함을 며칠간 보았던 터라 그다지 큰 감흥은 없는 듯 보였다. 그래도 몇 층 높이의 돌기둥 숲은 보통 신기한 것이 아니었을 것이다. 이곳저곳에서 사진 찍기에 바쁘다.

　사람들은 대부분 지금은 바빠서 여행할 수 없고 은퇴 뒤에 마음껏 여행하고 싶다고 한다. 그러나 지금 여행하지 않으면 다음이 기약되지는 않는다. 또한 시간이 지나면 볼 수 없는 것이 너무나 많다. 사람도 변하고 건물도 변하는데 하물며 강산인들 변하지 않을까? 실제로 6년 만에 다시 와보니 없어진 석림의 명물이 하나 있었다. 그것은 다름 아닌 검봉이다.

　마치 무협 영화에 나오는 주인공 무사의 날카로운 검과 같은 돌기둥이 있었는데 밑동이 잘려나가고 없다. 누가 잘라갔을 것으로 생각했는데 앞에 작은 안내표지가 있다. 내용인즉 지진에 부러졌다는 것이다. 이곳에 처음 온 사람들은 검봉이 무엇인지 알지 못할 것이다. 그래서 지금이 아니면 볼 수 없는 것들이 너무나 많다는 생각이 든다.

세월이 흘러가면서 생각도 많이 바뀌고 가식적인 것들도 늘어나게 되는 것 같다. 그리고 여행지에서 만나는 것들도 하나둘 가식적인 것으로 채워지고 있다. 최근에는 지역마다 관광산업의 중요성이 강조되어서 그런지 인공적인 시설물이 많이 들어서고 있다. 최대의 불상이라든지 절벽 위에 강화유리를 깔아놓고 아찔함을 느끼게 한다든지 노후화된 옛것을 철거하고 새로 건물을 세운다든지 하는 것들이 그것이다. 이처럼 석림도 조금씩 변하고 있음이 느껴진다.

석림을 한 바퀴 둘러보고 숲을 빠져나오려니 미로와 같아서 같은 자리를 빙빙 돌았다. 갈림길에서 눈에 익숙한 길이 보이면 다른 길로 가기를 반복한 뒤에야 가까스로 밖으로 빠져나와 전동차를 탈 수 있었다. 그리고 제일 빠른 시외버스를 타고 쿤밍으로 돌아왔다.

이제 호텔로 가야 한다. 다음 날은 아침 일찍 정저우를 경유하여 인천행 비행기를 타야 했으므로 공항에서 가까운 호텔을 예약했었다. 호텔은 직선거리로 공항에서 가까웠지만 대중교통편이 편리한 지역이 아니었다. 공항과 호텔 구간에 무료차량을 운행해준다고 해서 예약한 것이다.

터미널에 도착해서 짐을 찾아 전철을 탔다. 다행히 터미널과 공항은 그리 먼 거리는 아니었다. 공항에 내린 후, 우선 호텔에 연락하여 우리가 공항에 있다며 차를 보내달라고 하자 기사의 전화번호를 알려준다.

나의 전화를 받은 기사는 지하 주차장 구역번호를 알려주며 그곳에서 기다리라고 한다. 잠시 후 기사가 나타났고 차를 타고 10분 정도 달려 호텔에 도착했다.

호텔은 건축한 지 얼마 되지 않았는지 매우 깨끗했다. 우선 체크인을 하고 쿤밍에서의 마지막 만찬을 위해 밖으로 나왔다. 그리고 아파트 단지 쪽으로 갔더니 야시장과 대형 마트가 있다. 귀국 시 꼭 챙겨야 할 선물이 생각나서 일단 마트 안으로 들어갔다. 대형 마트라 그런지 없는 것 빼고는 다 있다. 우리는 차 종류와 고량주를 샀는데 다른 곳에 비해 매우 저렴하다. 게다가 어떤 것은 할인에다가 원플러스원 행사까지 한다고 점원이 권유한다. 어찌 안 살 수 있겠는가?

모두가 양손에 선물을 들고 나왔다. 밖에는 어느새 어둠이 내려 있고 식당 간판에 불이 켜져 있는데 가장 가까운 식당에 양 그림과 양(羊)자가 쓰여 있다. 양고기 식당이다.

식당의 젊은 주인 부부가 우리를 반갑게 맞아준다. 한국 사람이 처음 들어왔는지 매우 친절하다. 손님이 직접 식재료를 고르면 그것을 요리해준다고 한다.

❚ 호텔 앞 양고기 전문식당

별도의 메뉴판이 필요 없다. 먼저 양고기를 고르고 야채와 버섯을 선택하자 남자 주인이 커다란 냄비에다 육수를 붓고 불을 지폈다. 그리고 양고기를 수육처럼 얇게 썰어서 야채 등과 함께 내왔다. 샤브샤브였던 것이다. 야채를 넣고 고기를 살짝 데쳐서 좀 전에 마트에서 선물하려고 구입했던 고량주 하나를 반주 삼아 나누어 마셨다. 맛이 기가 막히다.

주인이 와서 합석했다. 고량주 한 잔을 주고 싶은데 술을 못 마신다고 한다. 실제로 못 마시는지 영업 중이라 마실 수 없는지 알 수 없지만 부부가 모두 백옥처럼 착하다. 함께 기념사진을 찍고 연락처를 주고받았다. 지금도 가끔 연락을 하며 지내는데 쿤밍에 갈 일이 있으면 꼭 다시 방문하고 싶다.

[그리운 집으로]

쿤밍에서의 마지막 밤을 보내고 다음 날 새벽, 호텔 차를 이용하여 공항에 도착했다. 귀국 일정은 정저우를 경유하는 것인데 이유는 항공료를 좀 아껴보자는 취지로 저렴한 항공권을 구입했기 때문이다.

정저우공항에 도착하면 대략 8시간의 시간이 주어진다. 그래서 연구 끝에 1시간 거리의 허창에 가서 조조의 집무실이 있던 승상부를 보려고 현지 여행사와 연락을 해보니 최근에 건립한 건물이라고 한다. 렌터카 비용도 비싸고 최근의 건물을 봐야 할 까닭도 없을 것 같아 포기하기로 했다. 그리고 전철로 정저우역까지 간 다음 역 구내에 짐을 맡기

🔖 내 마음의 샹그릴라를 찾아서

고 시내로 나가 발 마사지를 받으며 시간을 보내기로 했다.

비행기가 정저우공항에 도착하자 우선 짐을 찾았다. 한국에서 광저우를 경유하여 쿤밍에 도착할 때는 최종 목적지에서 짐을 찾으면 되었지만 귀국 시에는 정저우에서 짐을 찾아서 다시 수속을 밟아야 한다. 전철을 타고 정저우역에서 내려 보관소에 짐을 맡겼다. 그리고 역 광장으로 나와 보니 광장 넓이가 축구장 몇 개만큼은 되는 것 같다. 도저히 걸어서는 시내 번화가에 갈 수가 없다.

발 마사지 가게를 찾아 여기저기 다녔지만 중심가가 아니어서 찾지를 못하고 할 수 없이 식당에 들어가 점심 식사를 했다. 8월의 무더운 날씨와 2시간 전에는 공항에 도착하여 티켓팅을 해야 하는 시간적인 제한 때문에 다시 정저우역에서 짐을 찾아 전철을 타고 1시간 거리에 있는 정저우공항으로 갈 수밖에 없었다.

약간의 돈이 아까워 렌터카를 빌리지 않은 것이 후회가 되었다. 그저 우리나라처럼 시내 지하철역에서 내리면 바로 번화가가 나올 것이라는 생각은 착각에 불과했다. 잘 모르는 곳을 처음 갈 때는 렌터카를 빌리거나 대중교통을 이용할 경우 노선에 대한 충분한 연구가 필요하다는 사실을 다시금 깨달았다. 8시간의 자투리 시간을 유용하게 보내려던 계획은 물거품이 되었다. 다만, 일행들은 지금까지 멋진 경험을 했으니까 됐다는 말로 나를 위로해주었다.

정저우에서 의미 없는 경험을 하고 비행기에 몸을 실었다. 비행기가 이륙하고 정상 고도에 오르자 승무원들이 분주히 움직이며 음료수와 기내식을 내온다. 천천히 식사를 하고 피로에 눈을 감으니 깜박 잠이 들었다.

비행기가 착륙하는 진동소리에 깨어보니 인천이다. 서둘러 배낭을 챙겨서 밖으로 나왔다. 눈에 익숙한 풍경이 우리에게 안도감이라는 선물을 준다. 아무리 꿈과 같은 여행을 하였어도 그동안 살아왔던 내 나라만은 못한 것 같다. 고향이 좋은 것은 타향의 설움을 맛봐야 알 수 있다는 말이 새롭게 다가온다.

가끔씩 여행을 떠나보면 나와 친구들, 그리고 고향의 소중함이 새록새록 가슴에 쌓인다. 있을 때 잘하라는 농담을 웃음으로 흘려보낼 것이 아니라 진짜 잘해야겠다는 생각이 들었다. 사랑을 위해 먼 고난의 길을 마다치 않고 떠났던 마방들처럼 나도 이제 소중한 것들을 찾아 집으로 가고 있다. 그곳이 나의 '샹그릴라'일지도 모른다는 생각을 하면서…….

제4편
중국의 무릉도원, 무이산(武夷山)

　여행이 좋은 것은 떠나기에 앞서 가고 싶은 곳, 보고 싶은 곳을 내가 마음대로 정할 수 있다는 것이고, 대개는 그 목적지에 도달하여 여행의 기쁨을 만끽할 수 있다는 것이다. 혹자는 그곳이 생각만큼 멋진 여행지가 아니어서 실망할 수도 있지 않겠느냐고 말하겠지만 내가 선택하여 왔고, 또한 여행 계획을 세우는 것만으로도 가슴 설레는 일이기 때문에 전혀 보람이 없었다고는 할 수 없을 것이다.

　언젠가 TV 여행 프로그램에서 무이산을 소개하는 것을 봤다. 먼저 여행을 다녀온 사람들은 대개 가본 곳을 멋있게 포장하여 자랑하는 경향이 있다지만 무척이나 신비한 영상을 보여주었다. 신과 인간이 공존하는 낙원과도 같은 세상, 그곳에서 중국 최고의 우롱차를 음미하며 행복해하는 여행자를 보며 나도 꼭 한번 가고 싶다는 마음이 싹트기 시작했다. 알아본 바로는 중국에는 많은 명산이 있지만 그중에서도 무이산은 복건성 최고의 명산으로 도(道),불(佛), 유(儒)의 3교(敎)명산이라고 한다. 또한 유네스코 세계문화자연유산으로도 등록되어 있는 등 가히 무릉도원에 견줄만한 지역이라는 것이다.

목표가 생기면 언제 떠날 수 있을지 알 수 없을지라도 계획은 지금 당장 세울 수 있다. 하나하나 알아가면서 계획을 세우다 보면 나는 어느새 상상의 여행을 하기도 하고 꿈속에서 여행하기도 한다. 그리고 꿈에서 깨어보면 정말 배낭을 메고 집을 나서는 나를 발견하게 된다.

【 무이산으로 가는 길 】

4월 11일 12시, 우리 일행 6명을 실은 항공기는 김포공항을 출발하여 현지 시각 오후 1시에 상하이 홍챠오공항에 도착했다. 3박 4일의 무이산 여행이 시작된 것이다.

홍챠오공항은 상하이 시내 지역에 가장 가깝게 위치한 공항으로 걸어서 10분 거리에 지하철역이 있고, 지하철로 두 번째 역에 홍챠오 기차역이 있기 때문에 여행하기에 매우 편리한 공항이다. 만약에 인천공항에서 푸동공항으로 간다면 홍챠오역까지는 자기부상열차와 지하철로 2시간을 가야하기 때문에 김포공항을 이용하여 가는 것이 좋을 것이다.

우리는 지하철을 이용하여 우선 홍챠오역으로 갔다. 예매한 무이산행 기차표를 받기 위해서다. 표를 받고 나니 시곗바늘이 2시를 조금 넘기고 있다. 기차 출발 시간은 오후 5시 22분으로 무려 3시간 20분이 남았다. 시내를 관광하기에는 시간이 부족하고 기다리기에는 너무 지루한 시간이다. 배낭여행에 친구들을 동행시킨 덕분에 내가 가이드의 역할을 하는 것이 당연시되다 보니 모두가 내 얼굴만 쳐다본다. 어떤 좋은 곳으로 데려가 줄지 잔뜩 기대하는 눈빛이다.

사실 좀 더 일찍 출발하는 기차도 있었지만 항공기가 정시에 도착할지 아니면 지연 도착할지 알 수가 없어서 좀 넉넉한 시간대의 기차표를 예매했었다.

등에서 식은땀이 흘러내렸다. 딱히 갈 곳이 없다. 그래도 어디든 가서 시간을 보내야만 한다. 할 수 없이 탑승장에서 한 층을 더 올라갔다. 공항처럼 여러 종류의 패스트푸드점이 있었지만 기내식을 먹었기 때문에 그냥 지나쳐야 했다.

아무런 목적 없이 걷는다는 것, 그것도 멋진 어딘가로 인솔되어 가고 있다고 여기며 따라오는 일행들의 앞에 선다는 것은 무척이나 외롭고 힘든 길이 아닐 수 없다.

가시밭길을 걷다가 멈춰 서서 의미 없이 대합실을 내려다보았다. 그랬더니 일행들도 따라 한다. 다행히 대합실의 규모가 상상을 초월하게 컸다. 너도나도 규모에 감탄하고 많은 인파에 감탄하면서 사진을 찍는다. 소 뒷걸음치다 쥐를 잡은 것처럼 나름 괜찮은 관광지로 안내한 셈이었다.

그동안 보아왔던 풍경과 다른 것이 있다면 무엇인가 호기심이 생기고 멋있어 보이거나 신기하게 보이는 것 같다. 그저 인구가 많아 대합실을 크게 만든 것뿐인데 이것도 하나의 관광 상품으로서의 역할을 톡톡히 하고 있는 것이다.

┃ 상하이 홍챠오역 구내 대합실

덕분에 시간을 좀 흘려보낼 수 있었다. 그러나 관광에 대한 만족감을 오래 지속시켜 주지는 못할 것이므로 또다시 어디론가 가지 않으면 안 되는 안내자의 고뇌는 계속될 수밖에 없다.

2층 상가를 반 바퀴 돌아가니 카페가 눈에 들어왔다. 정해진 목적지가 없었던 나는 바로 이곳이 행선지였다는 듯이 자연스럽게 들어가 일행들을 자리에 앉게 했다. 그리고 희망하는 커피와 차를 각자의 기호대로 주문하여 마시게 했다. 이제 차와 커피를 마시며 시간을 흘려보낼 수 있을 것이다.

가이드의 능력과 여건이 부족하다면 잠시 쉬었다 가는 것도 좋을 것이다. 잠시 앉아서 쉬는 시간이 주어지자 저마다 스마트폰을 꺼내어 무엇인가를 검색하거나 카톡으로 집에 안부를 전하며 나름대로 시간을 소중하게 썼다. 때로는 일정을 각자의 자율에 맡기는 것도 좋겠다는 생각이 들었다.

이제 일어날 시간이 되었다. 시계는 네 시를 가리키고 있었으므로 이제 기차를 타기 전에 저녁 식사를 해야 했다. 모두가 기다림에 지친 기색이 역력했기 때문에 맛있는 식당을 찾아 헤매기보다는 카페 바로 옆에 있는 식당으로 들어가 불고기 덮밥을 시켜 먹었다. 그리고 탑승구 근처의 대합실로 이동하여 의자에 앉았다. 1시간이 남았음을 확인하자 마음의 여유가 생긴다. 교대로 화장실도 다녀오고 매점에서 물도 사 오고, 스마트폰을 검색하는데 사람들이 하나둘 개찰구 앞에 줄을 서는 모습이 보인다. 우리도 서둘러 기차를 타기 위해 줄을 섰다.

【 미지의 세계에 내딛는 첫발 】

고속열차는 최고 속도 290km로 3시간 20여 분을 달려 오후 8시 39분 드디어 무이산 북역에 도착했다. 좀 늦은 시간이었지만 건물과 가로등 불빛이 강해 밖은 아직 어둠에 완전히 묻히지는 않았다.

무수히 동경해왔던 미지의 세계에 첫발을 내딛는 것은 부척이나 가슴 설레는 일이지만 한편으로는 두려운 일이기도 하다. 특히, 이국의 낯선 땅에서 어디로 가야 할지 길을 모를 때에는 더욱 그렇다. 따라서 이런 곳을 여행할 때에는 최소한의 안전장치가 필요하다. 4명 정도만 같이 왔다면 택시를 타거나 버스를 타도 괜찮지만 6명을 대중교통으로 인솔하기에는 벅찬 감이 있다.

출발하기 1년 전쯤 중국 친구에게 렌터카 회사를 소개받았다. 회사 관계자의 연락처를 받아서 위챗을 통해 수시로 교류하면서 현지의 정보도 얻고 신뢰도 쌓았다. 그리고 이제 그가 소개해준 렌터카가 우리를 기다리고 있는 것이다. 렌터카 비용은 첫째 날 무이산 북역에서 호텔까지 데려다주고, 둘째 날 하루 일정의 무이산 관광, 셋째 날 오전 무이산 관광 뒤에 점심 식사를 하고 무이산 북역까지 데려다주는 조건으로 700위안에 합의를 보았었다. 미안할 정도로 저렴하였지만 가격을 흥정하거나 깎지 않은 금액이다. 렌터카 회사에서 정해준 가격 그대로다.

기차에서 내려 출구로 나가는데 기사가 나를 알아보고 배낭을 빼앗아 주차장으로 앞장서 갔다. 기사의 말에 의하면 무이산시는 복건성에 있는 인구 24만 명의 작은 도시라고 하며 특히, 무이산은 유네스코 세계유산에 등재되었고, 오염되지 않은 깨끗한 환경과 주자학을 집대성한 남송시대의 저명한 학자인 주희가 50년 동안 살았던 관계로 서원 등의 역사문화유적이 많이 있다고 한다.

역에서 무이산 풍경구에 있는 호텔까지 30분이 걸린다고 하며 기사는 이 시간 동안 무이산에 대한 기대를 한껏 부풀려 놓았다. 호텔에 도착했을 때 무대의 장막이 드리워지듯이 밖에는 하나둘 상점의 불빛이 꺼지고 어둠이 깔리고 있었기 때문에 무이산은 보이지 않았다. 내일이면 보게 될 무이산이지만 어떤 모습일까 하는 궁금증은 쉽게 잠에 들 수 없게 한다.

▌ 무이산 대왕봉

【 우연히 대왕봉을 만나다 】

다음 날 아침 6시에 일어나 세면을 하고 밖으로 나왔다. 조금이라도 빨리 무이산 경치를 보고 싶은 마음에 호텔 주변을 기웃거리기로 한 것이다. 인도를 따라 조금 내려가 보니 눈앞에 사진에서 보았던 대왕봉이 웅장한 모습으로 서 있다.

대왕봉은 해발 530m의 무이산 제1봉으로 마치 하늘을 떠받드는 거대한 돌기둥처럼 우뚝 서 있고 봉우리 주위는 모두 절벽으로 되어 있다. 남쪽 벽에 만들어진 거의 수직으로 된 좁은 통로를 통해서 정상에 오를 수 있지만 험로이기 때문인지 사람들이 많이 찾지는 않는다고 한다. 사실 무이산에서의 시간이 촉박하여 대왕봉은 가지 않기로 했지만 아침잠을 설쳐가며 나온 덕분에 볼 수 있게 된 것이다.

무슨 보물이라도 발견한 것처럼 마음이 들뜨기 시작했다. 이유는 다른 일행들이 아직 못 본 것을 나 혼자 보았기 때문이다. 게다가 이곳은 우리의 여행 계획에 없었던 곳이라 더욱 그렇다. 우선 대왕봉을 배경으로 인증사진을 찍었다. 호텔로 돌아가 동료들에게 자랑하고 싶었던 것이다.

남이 경험해보지 못한 것을 나만 경험했다는 사실 하나만으로도 커다란 보람을 느낄 수 있나 보다. 그래서 많은 탐험가들이나 산악인들이 새로운 곳을 찾아 끊임없이 떠나는 것이 아닐까?

아직 가보지 못한 곳을 간다는 것, 그리고 거기에서 새로운 것을 발견하고 감탄하면서 한동안 머물러 있다가 다시 새로운 곳을 찾아가는 것, 어쩌면 이것이 여행을 떠나는 이유일 것 같다는 생각이 든다.

행운은 우연한 기회에 찾아온다고도 한다. 마치 우연한 기회에 대왕봉을 만난 것처럼……. 그리고 그 행운이 인생길 어디쯤에선가 행복감을 맛보게 해줄 것이다. 비록 행복감이 항상 제자리에 있는 것은 아니고 시간처럼 흘러가 버릴지라도 멈추지 않고 계속 가다 보면 또 다른 행운을 다시 만나게 되리라.

아침 6시에 피곤한 몸을 일으켜 남들은 잠을 더 자느라고 안 가도 되는 길을 나섰기 때문에 대왕봉이라는 행운을 만나게 되었듯이 일단은 길을 나서야 우연이든 필연이든 새롭고 놀라운 경치를 마주하게 될 것이다. 로또를 사지 않은 사람은 아무리 좋은 꿈을 꾸었어도 절대로 1등에 당첨되지 않는다는 이치와 같은 것은 아닐까?

뿌듯한 가슴을 안고 숙소로 돌아와서 식당으로 향했다. 그리고 그곳에서 동료들을 만나 휴대폰에 담겨 있는 대왕봉을 배경으로 찍은 사진을 보여주었다. 모두가 부러운 눈빛으로 사진을 바라보며 언제 무이산에 다녀왔느냐고 추궁을 한다. 나는 얼떨결에 일찍 일어나 무이산 깊숙이 들어갔다 왔다고 살짝 거짓말을 했더니 곧이곧대로 믿으며 계속해서 질문공세를 이어간다.

나는 속일 생각은 없었으므로 사실은 호텔 밖에서 50m만 걸어 내려가면 보인다고 말했다. 하지만 아무리 사실대로 말해도 도저히 믿게 할 수가 없다. 아마도 수능에서 만점을 받은 학생이 "학교 수업에 충실하면서 교과서로만 공부하였다"고 하는 방송 인터뷰를 시청했을 때 대부분의 사람들이 그 말을 믿지 않는 것처럼 말이다.

[무이산 속으로]

아침 8시 호텔을 출발한 지 10분 남짓 후에 무이산 입구에 도착하였다. 비수기라 그런지 입장권을 사는 데는 많은 시간이 필요하지 않았다. 그런데 가격이 좀 비싸다. 무이산 입장권과 셔틀 전동차는 230위안이고, 구곡(계곡)에서 대나무 뗏목을 타는 것까지 포함하면 360위안이다.

한 가지 주의해야 할 것이 있다면 대나무 뗏목은 수량이 한정되어 있고, 뗏목을 상류에서 하류로 타고 내려간 다음에는 트럭에 2~3개씩 싣고 먼 도로를 돌아 원래 위치로 가져다 놓아야 하기 때문에 탑승 시간을 예약해야 탈 수 있다는 점이다.

무이산을 보기 위해 4일의 시간을 투자하였지만 오가는 시간을 제하면 정작 무이산 여행은 하루 한나절에 지나지 않는다. 그래서 출발 전부터 한 가지 걱정이 있었는데 그것은 비가 오면 어쩌나 하는 것이었다. 더군다나 무이산은 연중 200일 이상은 비가 온다고 하고, 때마침 4월은 우기에 속한다는 것이다. 비가 온다면 무릉도원에 왔으나 무릉도원은 보지 못할 것이기 때문이다.

간밤에 비가 좀 왔기 때문인지 아침은 개어 있는 상태였다. 그래서 우선 천유봉에 먼저 오르기로 하고 대나무 뗏목을 11시 30분으로 예약했다. 예약은 렌터카 기사에게 부탁하는 것으로 간단히 해결할 수 있었다.

차를 빌리는 것은 단지 이동의 편리함만 있는 것이 아니라 현지인과 함께 다니기 때문에 거의 모든 문제를 그를 통해서 쉽게 해결할 수 있다는 장점이 있다.

셔틀 전동차의 차창 너머 대나무와 풀숲 사이로 차밭이 보인다. 무이산이 차의 주산지라는 말을 들어서인지 규모는 작았지만 이렇게 직접 눈으로 보니 참 신기하다.

중국 복건성 무이산에서 생산되는 무이암차는 보통 우롱차인데 찻잎을 완전 발효하면 홍차가 되고 반(半) 발효하면 우롱차가 된다고 한다. 무이암차 중에 대홍포(大红袍)라는 이름의 우롱차는 중국에서 유명한 차로 알려져 있어 가격이 좀 비싸다.

당나라 때부터 이미 무이산에 차나무를 심었다는 말이 전해져오고 있다. '대홍포'라는 이름은 이곳 천심사 스님이 암벽에 있는 찻잎으로 황제의 질병을 치료하자 황제가 몸에 입고 있던 붉은 홍포를 차나무에 하사하며 감사를 표한 데서 유래되었다고 한다.

대홍포는 과연 어떤 맛일까? 녹차 맛의 기억을 더듬어 상상하는 순간 멀리 구곡(九曲)에서 대나무 뗏목이 그림처럼 떠가고 있다.

❚ 구곡계 위로 떠가는 대나무뗏목

순간 갑자기 가슴이 설레기 시작했다. 나도 빨리 천유봉에 올라갔다가 와서 뗏목을 타고 구곡 유람을 해야 한다는 조급함이 발동되었다. 시간이 지나가도 구곡의 계곡은 언제나 흐를 것이고 대나무 뗏목도 이미 예약이 되어 있어서 타는데 아무런 문제가 없을 것이지만 한시라도 빨리 타야겠다는 마음은 왜 생기는 것일까? 천유봉 등정이라는 하나의 목표를 포기하면 지금이라도 바로 탈 수 있는 길이 있을 텐데 어느 것 하나 포기할 수는 없는 것은 무엇 때문일까? 어쩌면 경쟁 사회에서 몸에 밴 습관이 아닐까 하는 생각이 들었다. 모든 것들을 다 가져야 한다는…….

떼목에 몸을 실은 사람들이 물 흐르는 대로, 사공의 삿대가 움직이는 대로 유유히 떠가는 모습은 무척이나 평화로워 보인다. 아무것도 하지 않아도 스쳐 가는 경치의 아름다움을 느낄 수 있고, 저절로 목적지에 도착할 수 있는 이곳 무이산의 구곡이야말로 신선이 사는 '무릉도원'이라는 생각을 하면서 눈의 초점을 잃고 걷고 있는데 앞에 거대한 암벽이 길을 막고 있다. 다시 정신을 차리고 보니 그곳은 다름 아닌 천유봉이 땅과 맞닿은 지상세계의 끝이다.

[천유봉으로 가는 길]

천유봉은 해발 408.8m지만 등산 시작지점의 해발이 어느 정도 높이에 있으므로 실질적인 높이는 215m 정도라고 한다. 그러나 대부분의 관광객이 찾는 남쪽은 거의 절벽 수준의 경사지를 지그재그로 길을 내었기 때문에 쉽게 올라갈 수 있는 곳은 아니다.

가파른 등산길에 발을 들여놓자 천상의 물이 천유봉을 타고 흘러내리는 듯한 폭포수가 눈에 들어온다. 경이로운 눈으로 위를 올려다보니 사람들이 바위틈으로 나 있는 좁은 길을 따라 정상을 향해 끝없이 늘어서 있다. 이곳에 한번 발을 들여놓으면 앞에 있는 사람을 추월하거나 새치기할 수도 없고, 가던 길을 되돌아 내려올 수도 없다. 앞사람이 빨리 가면 빨리 가는 대로, 늦게 가면 늦게 가는 대로 함께 움직여주지 않으면 안 되는 그런 길이다.

❙ 천유봉으로 가는 가파른 길

함께 보조를 맞추어 가기 때문인지 경사가 급해도 힘들지 않다. 앞사람이 좋은 경치 앞에서 사진을 찍으면 다 찍기를 기다려주고, 혹 내가 사진을 찍으면 뒷사람이 기다려주며, 쉬어가는 길은 함께 쉬어가니까 그럴 것이다. 삶도 이렇게 물 흐르듯이 갈 수만 있다면 힘들지 않은 편안한 길이 되리라.

　내 마음의 샹그릴라를 찾아서

그런데 세상일이란 바라는 대로만 이루어지지 않는 것 같다. 가끔씩은 행렬을 거스르며 내려오는 사람들이 있다. 그들이 올라가다가 포기하고 내려오는 것인지, 아니면 북쪽의 완만한 길을 따라 남보다 먼저 정상에 오른 뒤 남쪽의 급경사를 타고 내려오고 있는지 알 수 없지만, 올라가던 사람들이 모두 걸음을 멈추고 그가 내려갈 때까지 몸을 비틀며 공간을 만들어주어야 한다. 좁은 틈에서 서로 몸에 닿지 않게 교행하는 과정에서 절벽 아래로 떨어질 것 같은 공포와 몸을 조여 오는 통증을 견뎌야 한다. 가다가 어렵다고 포기하거나 일반적인 경로와는 다른 경로로 정상에 오르는 일은 모두에게 불편을 주는 일이다.

세상은 혼자 사는 것이 아니라는 생각이 든다. 길도 함께 가야 의미가 있을 것이다. 그리고 할 수만 있다면 앞서가면서 뒤에서 따라오는 일행들의 손을 잡아줄 수 있는 그런 삶의 여유 정도는 가져야 한다는 생각이다.

쉬엄쉬엄 올라가지만 이것도 등산길임에는 틀림없다. 고도가 높아짐에 따라 호흡이 가빠지고 땀이 흐른다. 하나둘 옷의 단추를 풀고 올라가지만 옷 속에 쌓여가는 열기가 느껴지고 속옷이 젖어 들어간다. 웃옷을 벗어들면 금방 해결될 일이지만 속에 있는 것을 함부로 내보일 수는 없다. 보이는 순간 앙상할지도 모를 내 몸매를 만천하에 드러내야 하기 때문이다. 단추 몇 개 푸는 것으로 열기를 견디며 등산점퍼로 멋있게 포장되어 있는 나를 그렇게 끝까지 지켜냈다.

지그재그로 이어진 절벽 길을 걷다 보면 좀 심하게 정체가 되는 구간이 몇 번 나온다. 그 이유는 경치가 잘 보이는 지점에 사진을 찍을 수 있도록 조금 길을 넓혀 놓았는데 많은 사람들이 순서를 기다려 사진을 찍고 있었기 때문이다. 인증사진이 있어야 무이산에 온 것을 증명할 수 있으리라는 생각이 들었다. 그래서 우리도 한 명씩 사진을 찍기로 했다. 신기하게도 사진 찍는 장소에서는 아무도 새치기를 하지 않고 혼자 왔거나 단체사진을 찍고자 하는 사람들이 사진을 찍어달라고 청하면 누구라도 기꺼이 찍어준다. 아마도 여기서는 함께 순리대로 가야만 하는 길이기 때문이리라.

차례를 기다려 사진을 찍어주고 나도 찍어달라고 청하면서 포토존이 만들어질 정도로 아름다운 풍경을 내려다보았다. "천유봉을 오르지 않으면 무이산을 보았어도 본 것이 아니다"라는 말이 그냥 나온 말이 아님을 알 수 있었다.

▌천유봉에서 바라본 구곡

천유봉 중턱에서 내려다본 서쪽과 남쪽에는 크고 작은 기이한 봉우리들이 태고적 그대로 서 있고 그 사이를 굽이굽이 끝없이 흐르고 있는 진록의 물줄기가 구곡계의 신비를 말해주고 있다. 구곡계는 계곡이 아홉 번 굽이친다고 해서 붙여진 이름이라고 하는데 사진이 아닌 두 눈으로 직접 바라본 대나무 뗏목의 긴 행렬 또한 장관이 아닐 수 없다.

중간 지점을 지나니 정자 하나가 설치되어 있다. 아마도 가파른 벼랑길을 가다가 무릎이 아프거나 힘이 들 때 쉬어갈 수 있게 만들어놓은 것 같다. 쉬어야 할 곳에서 쉬어가지 않으면 아무 곳에서나 쉬게 되고 그러면 뒤따르던 사람들도 덩달아 쉬어야 하는 불편을 감수해야 한다. 그래서 연령층이 다양했던 우리 일행은 서로를 배려하여 잠시 쉬어가기로 했다. 쉬어야 할 곳에서 쉬게 되니 마음이 평안해졌다. 비록 뒤따르던 많은 사람들이 우리를 추월하여 가지만 상관은 없다. 왜냐하면 우리도 곧 정상에 도착할 것이고 왜 천유봉이 무이산의 제1경이라고 하는지 알게 될 것이기 때문이다.

【 정상에 서다 】

땀이 식을 때쯤 다시 몸을 일으켜 정상을 향해 올라가는 대열에 끼어들었다. 그리고 사람이 움직이는 대로 천천히 따라 올라가니 드디어 정상이다. 이곳에는 '천유'라고 쓰여 있는 표지석이 서 있다. '하늘에서 노닐다'라는 뜻일 게다. 그리고 정상에는 작은 마당이 있는데 길 양쪽으로 간식거리와 기념품을 파는 상점과 노점이 지친 여행객에게 반가운 눈짓을 보내고 있고 그 끝에 도교의 천궁을 본떠서 만든 '천유각'이라는 목조 건물이 있다.

▌천유봉 정상에서

천유각에는 도교에서 말하는 신선이었다는 팽조와 그의 아들 팽무, 팽이의 조각상이 모셔져 있다. 전설에 따르면 하왕조 황제의 증손자였던 팽조가 이곳 무이산에 은거하며 살았다고 한다. 그리고 그의 아들인 팽무, 팽이 두 형제가 홍수로 피해를 입은 백성들을 위해 아홉 굽이의 강을 파서 물길을 냈다고 하며 '무이'라는 이름이 이들 두 형제의 이름에서 비롯되었다는 것이다. 천유각 현판 위에 오유소한(遨游霄漢)이라고

　　　　　　　　　　　　　　　　🚩 내 마음의 샹그릴라를 찾아서

쓰여진 현판이 하나 더 있는데 이 또한 '하늘에서 노닐다'라는 뜻으로 천유봉을 설명해주는 듯하다.

천유봉 정상에서 길지 않은 시간이었지만 신선들의 이야기가 경치를 더 신비하게 한다는 생각을 하면서 하산하기 위해 천유각 뒤쪽으로 길을 잡았다. 올라왔을 때와는 다르게 하산 길은 완만하게 이어져 있다. 내려오는 길에는 큰 바위마다 '제일산(第一山)'이라든지 '무이제일봉(武夷第一峰)'이라는 글씨를 비롯하여 다양한 석각들이 새겨져 있다. 천유봉에 와서 감탄한 선비가 그냥 내려갈 수가 없어서 바위에 글자를 새겼을 것이다.

산에서 내려오면서 어떠한 목표에 도달하기 위해 최선을 다하면서 한 걸음씩 나아가는 과정들이 정상에서의 짧은 시간보다 더 아름다울 것이라는 생각이 들었다. 세상에 머무는 동안 순리대로 조금씩만 나아가는 무욕(無欲)의 인생길을 다짐해본다.

제5편

신선과
인간세계

제5편
신선과 인간세계

【 주희가 무이산에 살다 】

천유봉 북쪽의 완만한 길을 따라 내려오다가 주희원(朱熹園)이라고 쓰여 있는 표지석을 발견했다. 내부에 무엇이 있는지 궁금하여 좀 더 안쪽으로 들어가니 무이정사(武夷精舍)라고 쓰여 있는 대문이 나온다. 이곳에 주자학(朱子學)의 창시자이며 성리학으로 우리나라에 많은 영향을 끼쳤던 중국 남송 때의 유학자 주희(朱熹)가 세웠다는 서원이 있다. 주희는 14세에 무이산에 들어와 잠시 벼슬길에 올랐을 때를 제외하고 71세에 생을 마감할 때까지 이곳에서 살았다고 하며 53세 때 무이정사를 짓고 많은 제자들을 배출했다고 한다.

대문을 지나 만난 첫 건물에 '학달성천'이라고 쓴 현판이 큰 의미로 다가온다. 배움으로 하늘의 성품에 이른다는 뜻으로 공부를 해야 하는 이유를 설명하고 있는 듯하다.

■ '배움으로 하늘의 성품에 이르다'라는 뜻의 학달성천

문턱을 넘어 안으로 들어서니 주희의 일생을 설명한 내용들이 전시되어 있다. 그리고 전시물 중에는 눈에 익숙한 이름도 보인다. 그것은 다름 아닌 퇴계 이황을 소개하는 내용이다. 퇴계는 주희의 사상을 학문적 바탕으로 삼았고 무이정사를 본떠서 도산서당을 만들어 학문을 연구하고 많은 후학을 양성했다고 한다. 중국은 물론 우리나라와 일본에까지 영향을 끼친 주자학이 이곳 산중의 작은 서원에서 완성되었다고 생각하니 어디선가 학생들의 글 읽는 소리가 들려오는 듯하다.

무이정사 내부의 건물 대부분은 현대에 이르러 건축된 것 같았으나 옛 건축물 일부가 남아 있어 관람객들의 발길을 멈추게 한다. 18세에 대과에 급제했으나 현실에 타협하지 않는 이상(理想)적 정치 신념으로 관직에 오래 머물지는 못했다. 그 때문에 학문에 전념할 수 있었고 주자학을 집대성하게 되었을 것으로 생각된다. '이학정종(理學正宗)' 현판

안으로 들어가니 주희가 제자들에게 학문을 논하는 장면을 묘사한 책걸상과 인형이 있다. 주자의 일생과 업적에 대한 설명을 듣고 인형 옆 의자에 앉아 그가 지은 '무이도가(武夷棹歌)'를 음미해본다.

武夷山上有仙靈　　무이산 위에는 신령한 신선이 살고
山下寒流曲曲淸　　산 아래 시원하게 흐르는 물 굽이굽이 맑다
欲識個中奇絶處　　그중에서도 빼어난 절경을 보고자 하는데
棹歌閑聽兩三聲　　뱃노래 한가하게 두세 곡조 들려오네.

【 대나무 뗏목을 타고 구곡계 】

산에서 나와 곧바로 차를 타고 구곡계 대나무 뗏목 선착장으로 향했다. 하늘은 구름 한 점 없이 맑지만 언제 날씨가 변덕을 부려 비가 내릴지 모른다는 걱정이 들어서 발걸음이 바빠진 것이다. 다행히도 그리 멀지 않은 곳에 부두가 있다.

부두에는 많은 대나무 뗏목이 정박해 있는데 손님을 태운 순으로 출발하고 있는 듯 보였다. 뗏목은 작은 것 두 개를 연결해놓아 6명씩 탈 수 있는 구조였는데, 타려는 사람이 매우 많았다. 다행히 우리는 미리 예약한 덕분에 기다리지 않고 부두에 도착하자마자 탈 수 있었다.

사공 1명이 삿대 하나로 9개의 절경에 대한 해설을 하면서 9.5Km를 운항했고, 최종 부두에 도착해서 시계를 보니 1시간 30분이 지나 있다.

구곡계 유람은 최상류 부두에서 시작되며, 9곡에서부터 아홉 굽이를 돌아 무이산 최고봉인 해발 754m의 삼앙봉, 무이산 제1의 경치를 자랑하는 천유봉, 그리고 주희가 성리학을 논했던 자양서원을 거쳐 소장봉 절벽에 있는 3,400년 전 청동기 시대 월족의 장례시설, 옥녀봉 등 무이산 절경들이 펼쳐져 있다. 물살이 급한 급류를 지나면 잔잔한 연못 같은 구간이 나온다. 이곳에서는 나뭇잎처럼 유유히 떠가며 신선이 된 기분을 만끽할 수 있다.

무이산에는 많은 봉우리가 있는데 대부분 정상까지 올라갈 수 있다고 하며, 정상에서 바라보는 경치는 대개 비슷해서 최고의 절경인 천유봉에 올라가 경치를 관람하고 이곳 구곡계에서 뗏목을 타고 표류하면서 굽이굽이 경치를 관람하는 여행객들이 많다.

❙ 무이구곡 대나무 뗏목 래프팅

1시간 30분이라는 시간은 얼마나 긴 시간일까? 처음 래프팅을 시작할 때만 해도 급류의 스릴을 맛보기도 하고 완만한 유속으로 유유히 떠가며 바라보는 무이산의 경치를 경이로운 눈으로 감상하기도 했는데 시간이 흐를수록 래프팅 구간이 너무 길다는 느낌이 들었다. 같은 자세로 오랫동안 앉아 있기 때문일까? 아홉 구비를 다 돌아 종착지 부두에 내리는데 다리가 후들거린다.

[과거에 연연하지 말자]

출구로 나가는 길에는 송가(宋街)라는 송나라 시대의 거리가 조성되어 있다. 길이 300m의 거리 양옆으로 세워진 송나라 시대의 건물은 대부분 술, 차, 기념품 등을 파는 상점으로, 관광객을 상대로 영업을 하고 있는 듯하다. 비록 장사를 위해 인위적으로 만든 풍경이지만 지나는 사람들의 호기심을 자극하기에 충분했다.

구곡계 관광을 마치고 다시 전용차량에 탑승했다. 그런데 그동안 눈치를 못 챈 사실 하나를 발견했다. 그것은 기사도 차량도 매번 바뀐다는 것이다. 알고 봤더니 숙소에서 무이산이 10분도 안 걸릴 정도로 가까운 거리에 있었으므로 렌터카 회사에서 몇 대의 차량으로 많은 손님들을 번갈아가면서 실어 나르고 있었다. 왜냐하면 손님이 한번 산에 들어가면 관광에 소요되는 몇 시간은 여유가 있기 때문이다. 그래서 보통 하루의 렌터카 비용이 700위안쯤 할 텐데 3일간의 일정을 700위안으로 해결할 수 있었던 것이다.

많은 시간 관광을 하느라고 몸도 지치고 허기도 밀려왔다. 그래서 식사를 위해 제법 사람으로 북적이는 식당이 있어서 바로 들어갔다. 이곳의 식당은 진열해놓은 식재료를 손님이 선택하면 주방으로 가져가 요리를 해오는 시스템이다. 우리가 채소와 닭고기, 버섯 등을 선택하며 무엇을 더 주문할까 망설이고 있는데 주인이 붉은색 고기를 추천한다. 이것이 뭐냐고 하니까 '장로우'라고 하는데 매우 귀한 고기라는 것이다. 내가 고개를 갸우뚱 하니까 무이산에서 사는 야생동물이라고 한다. 그래서 한번 먹어 보자고 주문을 하였다.

이윽고 주문했던 요리가 순차적으로 나오고, 귀한 장로우라는 고기요리도 나왔다. 무슨 맛일까 한 점씩 먹어보는데 마치 고무를 씹는 것처럼 질기고 맛조차 별로다. 제일 비싼 요리인데 괜히 주문했다는 생각이 들었다.

식사를 마치고 돈만 낭비했다는 생각이 들어 휴대폰 인터넷으로 장로우를 검색해봤더니 중국어로 '고라니 고기(獐肉)'였다. 이렇게 황당할 데가 있나? 가끔씩 시골 길을 가다 보면 로드킬 당한 고라니를 볼 수 있지만 맛이 없어 아무도 거들떠보지 않는다고 한다. 그런데 그 맛없는 고라니를 우리는 거금을 주고 사 먹었으니 기가 막힐 노릇이다. 괜히 검색했다는 생각이 들었다.

살아오면서 이와 비슷한 상황이 자주 있었다. 이미 지나버린 것들을 떠올려 괴로워했던 일, 시험을 보고 나서 곧바로 참고서를 몇 시간 뒤져 정답을 찾아낸 뒤 시험을 망쳤다고 단 하루를 쉬지 못하고 도서관에 갔던 일, 그 밖에도 이와 비슷했던 상황이 얼마나 많았던가? 과거를 되새겨 교훈으로 삼는 것도 좋겠지만 과거에 있었던 일들을 일일이 떠올려 분석한다면 즐거움보다는 괴로움이 더 많지 않을까? 그래서 안 좋은 것들은 그대로 흘려버리고 지금 이 순간을 즐기며 충실해야 현재도 미래도 좋을 것이리라.

떨떠름한 기분을 안고 무이산 최고의 명차 대홍포의 원산지를 찾아 발길을 옮겼다. 물론 이동수단은 우리를 내려놓고 어디론가 영업을 위해 사라졌던 그 렌터카였다.

【 무이산 최고의 명차, 대홍포 】

차로 10여 분쯤 갔을까? 대홍포 차밭 입구에서 내려 절벽 아래로 난 작은 오솔길을 걸었다. 절벽이 땅과 맞닿은 곳에 스며든 물이 작은 개울을 이루어 흘러가고 있다. 절벽과 산 사이에 이어진 작은 차밭을 따라 걷다가 만난 중국 사람에게 중국어도 실습할 겸 "이것이 녹차밭이냐?"고 물으니 녹차가 아니라며 자세히 설명해준다.

무이암차 중에는 육계(肉桂)와 수선(水仙)이 좋은데 육계의 특징은 향이 많고 독특하며, 수선의 특징은 맛이 순하다는 것이다. 그래서 육계는 남성스러운 차이며 수선은 여성스러운 차라고 한다.

계곡 깊숙이 암벽을 따라 조성된 차밭에는 수령이 오래된 차나무가 많다. 또한 이곳은 붉은색 사력암질이 장기간 바람에 떨어져 나가고 물에 침식되는 과정을 거치면서 형성된 산봉우리와 험준한 기암괴석을 뜻하는 단하지모로 이루어져 있다. 무이암차는 바로 이 사력암질의 붉은색 암석을 흡수하여 맛이 좋다는 것이다.

신기한 차밭에서 흘러나오는 은은한 향에 취해 한참을 걸은 후 드디어 종점이 나왔다. 이곳은 무이산 차밭이 시작된 원산지로 전설에 따르면 신선이 산다는 봉래도에서 학이 씨앗을 물고 나와 이 절벽에 떨어뜨렸다고 한다.

▌무이산 대홍포 차밭

절벽에는 수령 천 년이 넘는 원시 차나무 4그루가 자라고 있는데 무이산의 차나무는 바로 이 나무에서 기원됐다고 한다. 다시 말해서 이 나무가 무이암차 나무의 조상인 셈이다. 대홍포의 새싹은 자홍색이므로 봄에 멀리서 바라보면 홍포를 걸치고 있는 듯 붉은색을 띤다고 한다. 그리고 매년 5월에 전문가들이 붉은 가운을 걸치고 이곳에서 찻잎을 따는데 생산량이 아주 적어 매우 비싸게 거래된다고 하며, 고관대작이 아니면 맛을 보지 못할 만큼 진귀하다고 한다.

▮ 절벽에서 자라는 원시 대홍포 차나무

  과연 대홍포 차 맛은 무슨 맛일까 생각하면서 왔던 길을 되돌아 걸었다. 녹차의 맛은 아니라는 말은 들었지만 커피를 즐겨 마셔왔던 나로서는 가늠하기 힘들었다. 전에 몇억 원을 호가하는 보이차가 있다는 소리를 들어는 보았지만 정말 그럴까 싶었다. 아마도 희소성 때문에 가격이 터무니없을 만큼 높았을 것이다. 여기 4그루의 원시 대홍포 찻잎 생산량도 연간 몇 냥에 불과하다고 하니 희소성으로 따지면 억대의 보이차에 뒤지지 않을 것이다.

  저녁을 먹고 전통 방식으로 차를 가공하여 파는 찻집에 갔다. 그곳에서 대홍포, 수선, 육계 등 유명하다는 차에 대하여 설명을 듣고 다례

체험의 시간을 가졌다. 이곳의 차밭이 보성의 녹차밭처럼 조성되어 있어 같은 종류의 차라고 생각했는데 찻집 주인은 녹차밭이 아니라고 한다. 도대체 차의 종류는 몇 가지가 되는 것일까? 차례로 차를 마셔보니 느낌이 모두 다르다. 향과 맛이 희미한 차부터 조금씩 강해지는 맛까지 느낌은 다르지만 말로 표현할 수가 없다. 마치 어느 광고의 카피처럼 말이다.

[용천대협곡 트레킹]

1년 중 반은 비가 온다는 무이산에서 여행 이틀째가 되자 드디어 우리에게도 비가 찾아왔다. 많은 양은 아니지만 우산 없이는 걸을 수 없을 정도로 부슬부슬 내리고 있다. 이날은 오전만 관광을 하고 오후에는 고속철을 이용하여 상하이로 되돌아갈 계획이기 때문에 비가 온다고 마냥 그치기를 기다릴 수는 없는 노릇이었다. 우선 우산을 들고 차를 탔다. 그리고 기사가 추천하는 용천대협곡으로 향했다. 그런데 가는 도중 '성촌'이라는 우리의 면 소재지쯤 되어 보이는 지역을 지날 때 일행 중 한 명이 오늘은 여행의 마지막 날이므로 귀국 시 가져갈 선물을 사고 싶다고 한다. 차를 멈추고 마트에 들어가 3만 원 정도 하는 고량주를 추천하고 보니 나도 선물이 필요하다는 생각이 들었다. 중국에 간다고 지인들에게 자랑하고 왔으므로 빈손으로 갈 수는 없을 것이다. 그래서 무이산이라고 쓰여 있는 160위안짜리(3만 원) 고량주 두 병을 들고 나오는데 나를 발견한 동료들도 모두 차에서 내려 나와 같은 고량주 두 병씩을 사고 싶다고 한다. 하지만 재고가 떨어져 더 이상 살 수가 없다.

우리의 행동을 멀리서 지켜보던 기사가 다가와서는 마트 종업원과 한참 대화를 나누더니 우리에게 원하는 수량의 고량주를 호텔로 배달을 해주겠다고 우선 목적지부터 가자고 제안했다. 호텔에서 한참 떨어진 이곳 시골 마트에서 과연 배달을 해줄까 하는 의문이 들었지만 기사의 말대로 고량주를 모두 마트에 놓고 차에 올랐다.

비는 부슬부슬 내리고 산중으로 가는 길은 한산하기 그지없다. 경치가 별로 좋지 않아서 교통량이 적은 것이 아닌가 하는 걱정이 밀려왔다. 당초 계획대로 무이산을 구석구석 둘러볼 것을 괜히 돈을 더 써가며 변경을 한 것은 아닌지 후회가 되었다. 항상 그렇지만 두 가지를 놓고 하나를 선택해야 하는 경우가 가장 어렵다. 둘 중 더 나은 것을 선택하지만 확신할 수는 없다는 것이 인생의 딜레마인 것이다. 그래서 이미 선택을 해놓고 선택을 잘한 것인지 자꾸만 뒤돌아보는 것은 아닌지 모르겠다.

❙ 끝없이 펼쳐진 차밭

그래도 한 가지 차창을 통해 보이는 길가에 끝없이 펼쳐져 있는 차밭이 그나마 잘한 선택이었다고 작은 위안을 주고 있다. 약간의 빈틈만 있어도 어김없이 차나무를 심어놓아 보는 이로 하여금 아름다움을 느끼게 해주는 듯하다. 사진을 찍느라 잠시 선택이 잘못된 것인지 염려하던 마음을 내려놓고 있는데 내 마음을 아는지 기사가 잠시 차를 멈춰준다. 보슬비가 찻잎에 촉촉이 배어가는 듯 초록이 싱그럽다.

40분쯤 달렸을까 드디어 용천대협곡 입구에 도착했다. 겉으로 봐서는 전혀 관광지 같아 보이지 않는다. 입장료 받는 창구도 원두막처럼 소박하기 그지없다. 동료들 보기에 많이 민망하다. 서로 말은 안 하지만 실망한 눈빛이 역력하다. 이곳을 추천하고 안내한 나는 쥐구멍이라도 찾고 싶은 심정으로 고가의 입장료를 계산하고 우선 입장을 하였다. 나의 심적 부담을 알고 있는 듯 비가 그쳐주어 그나마 다행이다.

좁은 오솔길을 따라 걸으면서 들고 있던 카메라를 가방 깊숙이 집어넣었다. 사진 찍을만한 장소가 없을 것 같았기 때문이다. 그런데 조금씩 산길을 걸어 올라가니 작은 계곡이 나오고 비가 많이 와서인지 물이 세차게 흘러내리고 있다. 이 광경을 보고 누구랄 것도 없이 슬금슬금 가방에서 또는 주머니에서 카메라를 꺼내 들었다. 가면 갈수록 계곡이 커지고 어느 지점에선가 거대한 폭포수가 쏟아져 내리고 있다. 우리를 제외하고는 아무도 오지 않는 깊은 산속에서 홀로 꿈틀거리고 있다. 마치 이무기 한 마리가 보는 이의 생각에 따라 하늘로 승천하거나 혹은 땅으로 귀환하고 있는 것이리라.

　갑자기 나타난 폭포수 앞에서 카메라의 셔터를 연신 눌러댔다. 사진을 찍고 누가 먼저라 할 것 없이 좁은 오솔길을 따라 폭포의 위쪽으로 올라가서 끝없이 이어진 계곡을 따라 마냥 걸었다. 그리고 계곡이 끝나는 지점에 다다랐다. 이제 다시 내려가야 한다. 그런데 계곡의 종점에 있는 초막 같은 곳에서 사람이 나와 차를 타고 내려가라 권한다. 약간의 운임이 있었지만 피로한 우리가 마다할 수는 없었다.

　내려가는 길은 절벽 옆으로 지그재그로 이어져 있어서 아찔함이 전해져 왔다. 조금 가다가 기사가 차를 멈추고 손가락으로 멀리 어딘가를 가리킨다. 고개를 돌려보니 아까 감탄했던 폭포수가 웅장하게 흘러내리고 있다. 잠시 차창을 열고 카메라 셔터를 눌렀다. 이곳이 왜 용천(龍川)이라는 이름을 얻게 되었는지 알 수 있었다. 카메라의 화면에 다 담을 수 없을 만큼 긴 폭포를 보면서 말이다.

[인간의 세계, 상하이]

용천대협곡을 나와 차를 타고 오면서 여행 대상지를 바꾼 것이 과연 잘한 것인지 곰곰이 생각해보았다. 물론 결과를 바꿀 수는 없을 것이지만 나의 선택이 옳은 것이라는 확신을 찾고 싶은 것이다. 그런데 아무리 생각해봐도 그 해답은 찾을 수 없다. 왜냐하면 포기했던 관광지를 아직 가보지 못했으므로 비교할 수 없기 때문이다. 그래서 인생은 미련과 후회의 연속인 것일까? 풀 수 없는 수수께끼를 가슴속에 묻어두려는데 어느덧 호텔에 도착했다. 마트에서 주문했던 고량주를 차에 싣고 무이산 북역에 도착하여 기사와 아쉬운 작별인사를 하고 기차에 몸을 실었다.

신선이 산다는 무이산에서 하루 한나절의 시간이 지나갔다. 너무 여행 기간을 짧게 잡았던 것인지 수박 겉핥기처럼 무언가 깊이가 없는 여행이라는 생각이 들었다. 더욱이 기사의 말을 듣고 한국에서 몇 날을 계획했던 일정까지 쉽게 바꾸어버렸다. 꿈에서처럼 동경했던 무이산의 경치가 천유봉에 오르고 구곡계를 유람하며 모두 비슷할 거라고 단정 지었기 때문이다. 생각하지 못했던 용천대협곡의 경치를 보고 감탄하기도 했지만 이번 무이산 여행은 무엇인가 2% 부족하다는 느낌이 끝내 지워지지 않았다. 인생을 뒤돌아보면 항상 아쉬움이 남아 있는 것처럼……

중국의 고속열차는 그다지 속도를 내지 못했다. 최고 속도가 290

km/h에 달했지만 정차역이 많은 것인지 200km/h 내외로 달렸다. 그러나 속도가 기대에 못 미칠지라도 결국 종착지에 도착하여 다시 상하이 땅을 밟았다. 출구를 통과하자 렌터카 기사가 나를 알아보고 짐을 빼앗아 차에 실었다.

상하이는 대도시라 지하철이 발달해 있어서 렌터카는 필요가 없었지만 오후 5시쯤 도착하여 호텔 체크인과 상하이의 명동인 남경동로에서 화려한 마지막 만찬, 그리고 와이탄 야경을 관람하고 다음 날 오전의 시간을 이용하여 주가각과 예원을 둘러본 뒤에 점심 식사를 할 계획이었으므로 대중교통으로는 일정을 소화할 수 없을 것 같았다. 그래서 렌터카를 빌렸던 것이다. 렌터카와 남경동로 최고의 식당 예약은 중국인 친구를 통해 손쉽게 해결했다.

홍챠오공항 근처의 호텔에서 남경동로까지는 약간의 정체가 있었지만 비교적 빨리 도착하였다. 그런데 주차장이 없었으므로 기사가 다른 곳에서 식사를 할 테니 끝나면 전화를 해달라고 한다. 나는 식사비로 100위안을 건네며 그렇게 하라고 했다.

중국 여행의 마지막 날 저녁, 식당에 들어서서 예약자 이름을 대자 종업원이 비교적 넓은 룸으로 안내하며 메뉴판을 내민다. 중국에서의 마지막 만찬이므로 나는 동행들이 놀랄 정도로 많은 종류의 음식을 주문했다. 사실 몇백 위안 더 쓰는 것이지만 남아 있는 약간의 여행 경비를 6명이 나누어 가진다면 개인별로는 얼마 되지 않기 때문에 그렇게 했던 것이다. 아마도 여행의 만족도는 급격히 상승되리라.

많은 종류의 중국 음식을 모두 맛본 일행들은 이번 여행이 제일 좋았

내 마음의 샹그릴라를 찾아서

다고 한마디씩 하면서 자리에서 일어났다. 그리고 렌터카 기사에게 연락을 하니 어디에 있었는지 금방 도착했다. 내가 차에 오르자 기사가 내가 주었던 식사비 100위안 중 남은 돈이라며 5위안을 건넨다. 신선한 충격이다. 여행을 하면서 매번 느끼는 것이지만 대부분의 중국 사람들은 참 합리적이고 계산이 정확하다. 넘침도 부족함도 없다. 다만 손님을 접대할 때만 넘칠 뿐이다.

　호텔로 돌아가던 중 와이탄에서 내렸다. 유명한 상하이의 야경을 보기 위해서다. 와이탄은 황포강을 따라 1.7km가량 이어져 있는 상하이 최고의 관광명소 중 하나다. 매일 밤 동쪽과 서쪽의 건물들이 화려한 야경을 수놓는다. 동쪽의 동방명주, 금무빌딩, 상하이금융센터 등의 현대적 건물에는 화려한 조명이 설치되어 있고, 서쪽의 네오바로크, 로마네스크 양식 등으로 지어진 서양식 고건물에는 우아한 조명이 설치되어 있어 그 멋스러움은 말로도 사진으로도 표현하기가 어려울 지경이다.

❚ 와이탄 동쪽의 야경

와이탄이 상하이 최고의 관광명소가 되었던 이유는 1843년 영국이 이곳을 조계지로 삼으면서 개발을 하였고, 특히 은행산업이 발달하면서 이곳에 서양식 건물이 많이 들어섰기 때문이라고 한다. 또한 2010년 엑스포 개최를 앞두고 대대적으로 정비하여 명소로 탈바꿈시켰다는 것이다.

먼 이국땅에 서 있지만 이방인이라는 생각은 들지 않았다. 적당한 구름이 밤하늘에 흐르고, 구름 사이로 하늘이 보여 빌딩의 입체감을 더했다. 화려한 풍경에 나도 동화되어 가는 듯하고 카메라를 누군가에게 건네주면 찍어달라는 설명은 안 해도 알아서 찍어주는 사람들, 수많은 사람들은 이미 낯선 사람이 아니었다.

일상도 마찬가지라는 생각이 든다. 아름다운 것들을 보려고 찾아다니고, 맛있는 것을 먹으려고 식당 정보를 검색하며 재미있는 영화를 보는 것과 같은 동적인 일상이 계속될 때 나는 더 이상 이방인이 아닐 것이다.

화려한 야경에 취해 황포강을 따라 산책로를 시간 가는 줄 모르고 떠돌아다니는 사이 중국에서의 마지막 밤은 깊어만 갔다.

[주가각 그리고 예원]

다음 날 아침, 짐을 정리하여 차에 실었다. 그리고 오후 4시인 항공편 출발 시각까지 시간적 여유가 있으므로 마지막 일정으로 수향마을

인 주가각에 가기로 하였다.

　수향마을은 물가에 조성된 마을을 뜻한다. 주가각은 장쑤성, 저장성, 상하이와 연결되는 물류의 중심지였으나 육로의 발달로 쇠퇴하여 지금은 관광지로서의 명맥만 유지하고 있다. 규모는 크지 않지만 동양의 베네치아로 불릴 만큼 운치가 있어 소지섭이 주연한 드라마 '카인과 아벨'의 촬영지가 되기도 하였다.

▌수향마을 주가각

　사공이 노를 젓는 나룻배를 타며 유람할 수도 있고 수로를 따라 길을 걸을 수도 있다. 골목마다 기념품과 특산물을 파는 상점이 즐비하고 사람으로 붐비며, 고풍스런 식당과 찻집도 눈에 띈다.

▌주가각 상점가

아치형 돌다리에서 바라본 수로에는 사공이 나룻배에 손님을 태우고 노를 저어 가고 있다. 물가에 이어져 있는 고풍스런 옛 건물은 청나라의 운하마을에 와 있는 듯 착각에 빠져들게 한다. 골목마다 각지에서 온 많은 관광객들이 각종 상점 사이로 가득하다.

그런데 정작 가게 안은 한산하다. 많은 찻집과 식당에는 식사 때가 아니어서 그런지 손님이 없다. 수향마을에 구경은 왔지만 지갑을 열기에는 무언가 부족함이 있는 것일까?

주가각을 빠져나와 상하이의 예원으로 갔다. 이곳 역시 수많은 인파로 휩싸여 있다. 발 디딜 틈도 없는 그야말로 도떼기시장과 같다는 표현이 맞을 것이다. 낯선 사람과 몸을 부딪지 않으면 전진하거나 후진할 수 없을 만큼 관광객으로 붐비고 있다. 식당도 마찬가지로 인산인해다. 유명한 만둣집은 스태프들이 감독을 해야 할 정도로 줄이 길다.

시간이 많지 않아 줄 서는 것을 포기하고 우선 예원을 관람하기 위하여 입장권을 샀다. 그런데 이상한 것은 예원의 매표소가 의외로 한산했다. 예원 내부에도 사람이 많지 않아 여유를 가지고 사진을 찍어가며 관람할 수 있었다. 아마도 40위안(7,000원)이라는 입장료가 사람들을 막고 있는 것 같다.

예원은 명나라의 '반윤단'이라는 사람이 부모님의 편안한 노후를 위해 18년에 걸친 공사 끝에 완공한 정원으로, 공사 기간이 길어 정작 그의 부모님은 완공을 보지 못하고 돌아가셨다고 한다. 지금의 예원은 정부의 복구 작업을 통해 국가 유적으로 지정된 모습인데 강남을 대표하는 정원으로 알려져 있다. 누각, 연못, 바위산, 조경수 등 볼거리가 많고 옛날 귀족들의 화려했던 생활상을 미루어 짐작할 수 있다.

누각에서 바라본 연못가의 조경수가 특이하다. 몸이 뒤틀리고 꼬여져 있는 나뭇가지의 모습이 풍파를 온몸으로 맞아온 세월의 흔적일 것이다.

▌ 예원의 연못과 누각, 그리고 조경수

관람객들은 이런 모습을 좋아하는 것 같다. 지나가는 사람마다 걸음을 멈추고 카메라를 들이대며 사진을 찍는다. 순탄한 삶을 살다가 가문이 몰락하여 흔적도 없이 흩어져버린 집주인의 후손들이 지금은 어디에서 살고들 있을지 아무도 궁금해하지 않지만, 갖은 고난을 이기며 살아남아 정원의 한쪽을 장식하고 있는 나무는 모두의 관심을 받고 있다. 어려움을 극복하면서 성공의 대미를 장식하는 드라마가 인기를 얻는 것처럼 이 나무도 세파를 견뎌내고 마침내 성공하여 빛을 보는 것 같다.

예원을 끝으로 3박 4일의 여행 일정이 끝났다. 다시 인파의 숲에서 빠져나와 홍챠오공항의 귀국 비행기에 몸을 실었다. 짧은 여정이지만 스쳤던 인연들과 이야기들이 아름답다. 안전벨트를 매며 눈을 감으니 또다시 바쁘게 이어갈 일상이 나를 반긴다.

제6편

바다 건너
가까운 땅,
산동

여행을 시작하다
지난에서 만난 친구들
천하제일의 샘, 표돌천
태산이 높다 하되
친구가 사는 이수이
칭다오에서 맥주 두 잔

제6편

바다 건너 가까운 땅, 산동

무엇인가 배운다는 것, 그것은 의미 있는 일이다. 우연한 기회에 중국어를 접하고 흥미를 느껴 공부를 시작하였는데 지금 그 배움이 여행의 즐거움을 주고 있다.

여행은 인생과 같다는 말을 자주 듣곤 한다. 아마도 미지의 세계를 스스로의 힘으로 한 걸음씩 나아가며 목표를 찾는 과정이 인생과 비슷해서가 아닐까? 여행을 다녀온 사람들은 대부분 좋았다고 말하며 자랑을 한다. 인생도 이와 같았으면 좋겠다.

이번에는 가족들과 함께 산동지방을 다녀왔다. 6월 2일 인천공항을 출발하여 칭다오를 포함하여 지난, 타이안, 이수이를 5박 6일 일정으로 둘러보는 여정이다.

중국어를 본격적으로 배운지는 얼마 되지 않았지만 나름 몇 가지 간단한 의사소통이 가능하여 중국 배낭여행을 시작하게 되었다. 사실 시간을 내어 별도로 공부하지는 않았고 1주일에 2시간씩 중국 유학생들에게 강의를 들은 것이 전부인데 가이드를 동반하지 않고 중국 여행을 할 수 있게 된 것이다. 중국어는 한자로 이루어져 있고 단어의 뜻이 한국어와 비슷하여 쉽게 배울 수 있었다.

중국 배낭여행을 간다고 하니까 청운대학교와 혜전대학교 유학생들이 현지 친구들을 앞다투어 소개해주었다. 그래서 약간의 도움을 받기로 하였다. 첫 번째 방문지인 칭다오에서는 혜전대학교 중국 유학생 L의 친구인 P를 만나기로 하였다. 얼굴도 모르는 외국인 친구를 처음 만난다는 것은 가슴 설레는 일이다.

【 여행을 시작하다 】

공항에 도착한 후 우선 지난행 기차표를 사기 위해 택시를 탔다. 칭다오역에 가기 위해서다. 버스를 이용해서 가야 하지만 시간이 많이 소요될 것이므로 택시를 이용하기로 한 것이다. 택시기사는 우리가 한국 사람인 것을 알자 매우 친절하게 대해주었다. 처음 자력으로 중국 여행에 나서는데 따뜻한 말 한마디가 커다란 안도감을 주고 있다.

칭다오역에 도착하여 기다리고 있던 P와 전화 연락을 하여 만났다. 지인의 소개로 만나서인지 이미 우리는 친구가 되어 있었다. 인간관계는 매개체가 있으면 쉽게 이어질 수 있다는 것을 새삼 깨달았다.

기차표를 처음 구입하는 것이라 P의 도움을 받아 역 구내로 들어갔다. 어마어마한 규모의 창구는 인파로 가득하다. 중국어가 유창하지 못한 외국인은 기차표 구입이 쉽지만은 않을 것 같다. P는 가장 짧은 줄을 발견하고 민첩하게 움직였다. 나도 줄 서는 것은 이력이 나 있어서

재빨리 그의 뒤에 섰다. 중국 기차역에서 표를 사기 위해서는 어떻게 해야 하는지 알게 된 뜻깊은 경험이다.

| 칭다오역에서 기차표 구입하기

기차표를 산 뒤에 인근에 있는 호텔로 향했다. 이번에는 현지인과 함께였고 택시 잡기도 어려워 자가용 영업차를 탔다. 사실 중국어가 아직 서툴렀던 나는 칭다오공항에 첫발을 내디뎠을 때 모든 것이 낯설고 경계의 대상이었다. 그런데 칭다오역에서 친구가 소개해준 사람을 만나고부터는 전혀 낯설지 않고 익숙한 지역에 온 것처럼 친근하게 느껴졌다. 이미 휴대폰에는 새로운 친구의 전화번호가 입력되어 있고 언제든 전화하면 연락이 가능하다는 사실이 든든한 배경이 있는 것처럼 안도감을 준 것이다. 이곳에 누군가 친구가 있다는 것 하나만으로 더 이상 나는 이방인이 아니었다.

내 마음의 샹그릴라를 찾아서

호텔에 도착하여 체크인을 하면서 중국에는 호텔에 숙박을 하려면 '야진'이라고 하는 보증금을 내야 한다는 것을 알았다. 이미 숙박비를 지불했다며 한참 실랑이를 한 후에야 알았지만 말이다. 야진은 체크아웃을 할 때 객실에 아무 이상이 없을 경우 되돌려준다고 한다.

짐을 방에다 두고 시내 관광에 나섰다. 관광시간이 많지 않아서 그리 멀지 않은 곳에 위치해 있는 잔교에 가기로 했다. 잔교는 1891년에 처음 세워졌고, 1931년에는 해군 전함을 정박시키기 위해 비교적 큰 규모로 재건축되었다고 하며 총 길이가 440m, 폭이 10m라고 한다. 많은 인파에 묻혀 잔교의 끝까지 걷다 보니 어둠이 서서히 밀려왔다.

▌잔교(옛 해군 부두)

잔교의 끝에는 '회란각'이라는 2층의 정자가 있는데 내부에 들어가 보면 아무것도 적혀 있지 않은 비석이 있다. 누가 무슨 말을 새겨 넣으려고 가져다 놓았는지는 알 수 없었다. 다만 관광객들이 저마다 자기가 생각하는 대로 읽고 있는지 모두가 한동안 서 있다가 간다. 그러라고 무문비(無文碑)를 세워놓았을까?

말 없는 비석 관람을 끝으로 이날의 일정을 마무리하고 저녁 식사를 하기로 했다. 식당 문이 닫히면 밤새 배고픔에 시달려야 하므로 서둘러 해변에 있는 식당에 들어갔다. 그리고 P에게 음식 주문을 일임했다. P는 생선요리, 조개요리 등등 몇 가지를 시켰는데 그다지 입에 맞지는 않았다. 조리 방식과 맛의 기준이 달라서였을 것이다.

그래서 맥주를 시켰다. 역시 색다른 음식에 빨리 적응하는 길은 술이 최고다. 갑자기 기분이 좋아지고 안주가 당긴다. 술과 밥이 허기를 메우고 새로운 친구와의 우정을 싹 틔운다. 짧은 시간에 급속도로 중국에 적응되어 가며 칭다오에서의 하루가 저물어간다.

[지난에서 만난 친구들]

다음 날 아침 일찍 일어나 호텔 식당에서 아침을 먹고 칭다오역으로 향했다. 역까지는 중국 돈 10위안을 주고 호텔 봉고차를 타고 갔다. 그리고 오전 8시 25분 고속철을 타고 2시간 30분을 달려 지난에 도착하였다.

칭다오는 해양성 기후라 그런지 좀 쌀쌀하여 점퍼를 입고 기차를 탔으나 지난역에 내려서 밖으로 나오자 찜통처럼 덥다. 해안과 내륙의 기온 차이가 상당하다. 역 출구에는 청운대학교 유학생의 친구인 D와 Z

가 나와 있다. D는 유명 패스트푸드점 관리 직원이었고 Z는 산동대학교 대학원생이다. 그들은 서로 모르는 사이였는데 D가 우리의 이름을 들고 서 있는 것을 보고 Z가 알은체하면서 서로 통성명이 된듯하다.

반가워서 우선 상견례를 하였다. 그런데 D가 더운데 왜 점퍼를 입었냐고 황당하다는 듯 묻는다. 우리는 민망하기도 하고 더위를 참을 수 없기도 하여 점퍼를 벗었다.

▌지난역으로 마중 나온 D의 준비물

우선 호텔에 가서 체크인을 하였다. 그리고 배낭을 객실에 놓은 뒤 두 명의 친구들이 안내하는 식당으로 갔다. 점심을 먹기 위해서다. 우리는 서로 친구의 친구인 까닭에 만나는 순간 이미 친구가 되어 있었다.

자리에 앉자마자 종업원이 메뉴판을 가져왔다. 그런데 아무리 봐도 무슨 음식인지 알 수가 없어 둘에게 주문을 일임했다. 다행히 주문한 음식은 대부분 입에 맞는 것 같다. 아마 맥주를 곁들여 먹어서 그런지도 모르겠다.

처음 만나서 좀 서먹서먹했지만 함께 식사를 하고 맥주를 마시니 금방 친해졌다. 역시 친구를 사귀는 가장 빠른 지름길은 술에서 찾아야 하는 것일까? 오고 간 술잔의 수에 비례하여 나의 중국어 실력이 늘어갔다. 아마도 술은 문법보다는 횡설수설이라도 배운 모든 것을 말하게 하는 힘이 있나 보다.

식사를 마치고 계산을 할 때 잠시 D와 실랑이를 해야 했다. D가 500위안이나 되는 점심값을 자기가 내겠다고 가로막은 것이다. 보통 식당 종업원들의 월급이 3천 위안 정도이므로 매우 많은 돈을 쓴 것이다. 우리는 나와 준 것만 해도 고마운데 점심값마저 신세를 질 수 없어서 안 된다고 하였으나 "친구가 왔으니 자기가 대접해야 한다"고 간곡히 청하는 바람에 결국 신세를 지고 말았다. 고마운 마음에 가슴이 짠해졌다.

[천하제일의 샘, 표돌천]

식당을 나와서 표돌천에 가기 위해 택시를 탔다. 중국 친구 두 명이 택시 2대에 나누어 타고 우리를 목적지까지 안내해주었다. 택시 내부에 철창이 설치되어 운전기사와 손님을 분리해놓았는데 아마도 방범을 위한 조치일 것이다. 우리나라와는 다른 풍경이지만 문화적인 차이가 있다는 정도로 이해하기로 했다.

🪧 내 마음의 샹그릴라를 찾아서

┃ 땅에서 물이 솟는 샘, 표돌천

식당에서 10여 분쯤 걸렸을까? 그리 멀지 않은 곳에 표돌천이 있었다. 표돌천에 도착하자 여러 명의 아줌마들이 표를 싸게 판다고 접근해 왔으나 우리는 매표소에서 표를 구입하기로 했다. 왜냐하면 길거리에서 무슨 이유로 표를 파는 것인지 의사소통을 하여 진위를 판단해야 하는데 시간적으로 여유가 없기 때문이다.

표돌천 내부에 들어가니 커다란 연못이 있다. 그런데 이 연못은 보통 연못이 아니었다. 신기하게도 땅에서 물이 솟구쳐 올라오고 있다. 그래서 표돌천(趵突泉)이라는 이름이 지어진 것일까?

지난에는 72개의 샘이 있는데 그중에서 표돌천이 '천하제일천'이라고 한다. 그 이유는 건륭황제가 남쪽 지방을 순시할 때 표돌천의 물로 차를 타 마셨고 그 맛이 순수하고 감미롭다고 하여 천하제일천으로 책봉했기 때문이다.

표돌천이 솟구쳐 오르는 이유는 지난의 지형 구조와 관계가 있다고 한다. 남쪽은 땅속이 석회암으로 이루어진 산간지역의 구릉이며, 북쪽은 화성암으로 이루어진 황하와 평원이 있다. 그리고 지난은 이 두 지역의 경계지점이다. 그런데 산간지역의 물이 대량으로 석회암층의 틈새와 굴을 통해 평원지역으로 흐르다가 조직이 매우 밀집된 화성암을 만나면 멈추게 되는데, 이때 발생하는 강한 압력으로 물줄기가 지상으로 나 있는 틈을 통해 솟구쳐 오르는데 그중 하나가 표돌천이라는 것이다.

이 표돌천 공원에는 버드나무를 비롯하여 다양한 종류의 나무와 꽃들이 조경되어 있어서인지 경치가 수려하여 많은 사람들이 기념사진을 찍고 있다.

이곳에서도 만나는 사람마다 한국인에게 큰 호감을 가지고 있다. 우리가 만난 사람들은 모두 친절하게 표돌천의 유래와 문화에 대하여 열심히 설명해준다.

▌태극권의 동작을 알려주는 친절한 기념관 직원

　　　　　　　　　　　🌴 내 마음의 샹그릴라를 찾아서

그 진지한 가르침을 우리가 이해하지 않으면 안 되는 분위기였기 때문에 우리도 열심히 들어주어야 했다. 여행을 하면서 좋은 경치를 보는 것도 필요하지만 좋은 친구를 만나는 것도 무척이나 의미 있는 일이다. 호감을 가지고 친절하게 대해주는 사람과 고마움을 느끼고 있는 사람이 만나서인지 대부분 손쉽게 친구가 될 수 있었다.

2시간 가량 표돌천에서 시간을 보낸 후 D는 다음 날 아침 지난역까지 안내해주겠다는 약속을 하고 떠났고, 우리는 Z와 함께 지난 광장으로 갔다. 광장은 그 규모로 보아 대규모 행사를 위해 설치해놓은 듯 보였고, 앞쪽에는 물을 형상화한 상징탑이 서 있었다. 지난이 물의 도시임을 큰 자부심으로 여기는 것 같다.

광장에는 상징탑 이외에는 마땅히 볼만한 것이 없었으므로 발 마사지를 받으러 갔다. Z에게 함께 발 마사지를 받자고 청하였으나 다른 약속이 있다며 주인에게 발 마사지를 잘해달라고 당부하고 나갔다.

발 마사지를 마치고 카운터로 나오니 Z가 기다리고 있다. 그리고 특산품이라며 손에 들고 있던 누룽지 비슷한 것을 하나씩 나눠준다. 아마도 약속이라는 것이 이것을 사러 나간 것이었으리라.

우리를 위해 뭐라도 주고 싶어 하는 마음을 알게 되자 가슴이 뭉클해진다. 우리도 무언가 주고 싶은데 딱히 줄 게 없다. 그래서 대명호라는 커다란 호숫가의 고급스런 식당으로 들어가 그녀를 위한 음식을 주문하여 함께 먹었다.

밖에는 이미 어둠이 내려앉아 있다. 호수 주변은 조명시설이 잘 갖추어져 있어 많은 사람들이 호수의 야경을 즐기고 있고, 넓은 공터에는 운동하는 사람들로 붐비고 있다. 작은 공터만 있어도 삼삼오오 모여서 태극권이나 검술을 연마하는 사람들이 있고, 좀 규모가 있는 공간이 있으면 어김없이 1명의 리더를 중심으로 많은 사람들이 음악에 맞추어 군중무라고 하는 춤을 추고 있다. 바쁜 일상 속에서도 여가를 함께 즐기는 중국 사람들의 문화가 참 좋아 보인다.

❚ 대명호의 야경

다음 날 아침, 짐을 챙겨 로비로 나오니 D가 기다리고 있다. 전날 한 약속을 지키기 위해서다. 그는 호텔 체크아웃을 도와주고 택시를 잡아 역까지 안내해주었다. 그리고 타이안(태산)행 기차표를 구입하여 탑승을 기다리고 있는데 D가 말도 없이 어디론가 가서는 여자친구를 데리고 왔다. 그녀는 '린이'라는 도시에 살고 있는데 남자친구가 보고 싶어 야간열차를 타고 왔다고 한다. 아마도 우리에게 소개해주려고 오라고 했던 것 같다. 마음 씀씀이가 참 고맙다.

🚩 내 마음의 샹그릴라를 찾아서

▎ 지난역에서 중국 친구와 함께

D의 여자친구에게 언제 결혼하느냐고 물으니 내년쯤 결혼할 예정인데 아직 확정되지는 않았다고 한다. 나는 결혼식 할 때 연락하라고 꼭 참석하겠노라고 지키기 어려운 약속을 하고 말았다. 하지만 시간이 허락한다면 이 좋은 친구들의 결혼식에 참석하여 축하해주고 싶다.

그렇게 친구들의 배웅을 받으며 타이안(태산)행 기차에 몸을 실었다. 그리고 30여 분을 달린 후에 목적지에 도착했다.

[태산이 높다 하되]

역에는 청운대학교 S가 소개해준 C라는 친구가 우리를 기다리고 있었다. C는 지난에 있는 산동대학을 졸업하고 태산 정상에 있는 통신시설에서 근무하고 있는 친구다.

통성명할 여유도 없이 우선 택시를 타고 태산 입구에 위치해 있는 호텔로 가서 짐을 풀었다. 그리고 걸어서 매표소로 이동하여 케이블카까지 왕복하는 셔틀버스를 탔다.

천외촌에서 중천문까지는 셔틀버스로 이동한 후 중천문에서 삭도라고 표시된 이정표를 따라서 조금 걷다 보면 케이블카 매표소가 나온다. 케이블카를 타지 않고 걸어 올라간다면 끝도 없는 계단 길을 올라야 한다.

태산은 해발 1,545m이지만 출발점 해발이 낮아서 실제 등산 거리가 길다. 그래서 '태산이 높다 하되 하늘 아래 뫼이로다'라는 시조에서처럼 높게 느껴진다고 한다.

케이블카는 남천문까지 운행된다. 일단 셔틀버스를 타고부터는 인파를 따라가면 정상까지 쉽게 갈 수 있다.

▌정상으로 가는 길

┃ 향과 지전을 태우는 분향소

태산은 중국의 오악(五岳) 중에서도 으뜸으로 꼽히는 산으로 예로부터 중국인들이 가장 성스럽게 여겼으며, 중국의 역대 황제들은 이곳에서 하늘에 제사를 지내는 봉선의식을 거행했다고 한다. 그래서인지 많은 중국인들이 저마다 커다란 향을 들고 태산에 오르고 있다.

태산은 그 유명세만큼이나 규모가 컸다. 가끔씩 단체로 트레킹을 온 한국 산악회원들이 보였으나 많은 중국 사람들로 인해 한국 사람의 비중은 미미한 수준에 지나지 않았다. 이처럼 태산이 사람들로 붐빈 이유는 알고 보니 가는 날이 장날이라고 이날이 바로 단오였던 것이다. 단오는 중국의 중요한 명절로 3일간의 연휴가 주어진다.

태산 정상에는 도교사원과 통신탑, 관리시설, 숙박시설이 있다. 그리고 별도의 향을 태울 수 있는 건물이 있는데 이곳에서 많은 사람들이 가져온 향을 활활 불사르면서 복을 빌고 있다.

정상 부근의 도교사원 내부로 들어가 도사들을 보니 엄숙함보다는 조금은 상업적인 분위기를 느낄 수 있었다. 하지만 실제로 그런 것인지는 알 수가 없다. 신에게 절을 하고 있는 일반인들은 너무나 진지하기 때문이다.

정상에는 옥황상제를 모시는 사당인 옥황묘(玉皇廟)가 있고 마당에는 자신이 태산에 올랐음과 평안을 기원하는 글이 쓰여 있는 자물통이 헤아릴 수 없을 정도로 많이 매달려 있다. 이런 풍경은 우리나라에서도 가끔씩 볼 수 있었지만 이곳의 자물통은 열쇠가 아니면 그 무엇으로도 분리하지 못할 정도로 견고하게 매달려 있다. 옥황상제와 통하는 가장 가까운 곳에서 평안을 기원하고 있는 사람들의 마음이 자물통의 단단함만큼이나 간절하게 전해온다. 선한 사람들의 소원은 모두 이루어졌으면 좋겠다는 생각이 들었다.

❙ 태산 정상

🏸 내 마음의 샹그릴라를 찾아서

태산의 최고 명물은 2,000여 곳에 새겨져 있는 석각이다. 당대에 이름이 꽤 알려진 사람이라면 누구나 태산에 와서 바위에 큼지막한 문장하나쯤 새겨 넣고 갈 정도로 석각이 유행했던 모양이다. 그중에 가장유명한 석각은 바로 청나라 말기에 태안부 왕실 관원인 옥구(玉构)가 쓴'오악독존(五嶽獨尊)'이라는 글자이다. 태산, 화산, 숭산, 형산, 항산을 중국의 5대 명산으로 칭하는데 그중 태산이 으뜸이라는 뜻이다.

태산이 이처럼 높이 평가를 받는 것은 태산의 높이가 높아서도 아니고 기암괴석이 많아 절경을 이루어서도 아니다. 춘추전국시대 제나라, 노나라의 유학자들이 태산을 천하에서 가장 높은 산이라고 주장하며제왕에게 천하에서 가장 높은 태산 정상에 올라 하늘에 제사를 올려야마땅하다고 주청하였다고 한다. 그리고 이렇게 시작된 제사 의식이 봉선(封禪)이라는 이름으로 황제에서 황제로 계속 이어져 왔다는 것이다. 이러한 연유로 황제들이 태산에 깍듯이 예를 갖추는데 어찌 오악 중 으뜸이 되지 않겠는가? '오악독존'의 석각이 5위안짜리 중국 지폐에 도안되어 나올 정도이니 오악 중 으뜸이라는 말이 맞는 모양이다.

태산의 또 하나의 명물로 '공북석'이라는 바위가 있다. 이 바위는 오랫동안 풍화작용에 의해 깎여서 마치 거북이 모양을 닮기도 하고, 북쪽을 향해 경례하는 듯한 모습으로도 보인다. 이곳에서 보는 일출이 절경이라고 하여 새벽이면 사람들로 발 디딜 틈이 없다고 하는데 어떤 풍경일지 상상이 가질 않는다.

┃ 북쪽으로 경례하는 공북석

세상에서 가장 고귀하고 높은 태산의 기운을 온몸으로 받으며 하산길에 접어드는데 누가 써놓았는지 석각 하나가 발길을 멈추게 한다. 공자가 태산에 올라 세상이 작아 보인다고 한 말을 기념하여 누군가 '공자소천하처(孔子小天下處)'라는 비석을 세워놓은 것이다. 공자까지 왔다면 정말 많은 사람이 다녀간 것이다. 이처럼 태산에는 신기한 것들이 많다. 좀 더 아래쪽에는 바윗덩어리들이 다리 모양으로 붙어 있는 명소가 있다. 산이 무너지다가 순간적으로 바위들이 서로 맞닿아 아치형 다리처럼 고정된 것이리라. 그런데 이곳에도 어김없이 누군가 '선인교(仙人桥)'라는 글을 바위에 새겨 놓았다. 이름 꽤나 날리던 서예가인 모양이다.

▌ 선인교(仙人桥)

선인교의 아찔함에 감탄하다가 우연히 시계를 보니 시간이 많이 지체되어 있다. 혹시 케이블카 운행이 종료되지는 않을까 걱정이 되어 서둘러 발걸음을 돌렸다. 다행히 케이블카 탑승을 기다리는 줄이 길게 늘어서 있다. 이 사람들이 다 내려가야 운행이 종료되리라는 강한 믿음이 생겼다. 한 사람이 아니고 여러 사람이 모여 단체를 이루고 보니 무언가 큰 힘이 생기는 것 같다.

[친구가 사는 이수이]

다음 날 이수이 친구 N이 호텔로 찾아왔다. 그녀가 이수이의 예술
단 단원으로 한국 공연을 왔을 때 내가 안내 도우미를 맡은 것이 인연
이 되어 연락을 지속해오고 있다. 산동에 온다고 하니까 차로 3시간 넘
게 걸리는 거리임에도 먼 길 마다치 않고 와준 것이다. 무척이나 반갑
고 고마운 생각이 들었다.

▌이수이의 풍경

우리는 그녀가 타고 온 차를 타고 이수이로 향했다. 고속도로를 빠져
나와 이수이 시내에 접어들었을 때 차창을 통해 순수하고 소박한 도로
의 풍경이 눈에 들어왔다.

이수이는 중국 산동성의 한 작은 도시이다. 그녀는 문화관 무용단원

🌱 내 마음의 샹그릴라를 찾아서

일을 하면서 자신의 무용학원을 운영하고 있다. 학원에는 많은 학생들이 무용을 연습하고 있었으며 한눈에 훌륭한 수준의 학원임을 알 수 있었다. 그녀를 만난 지 5년의 세월이 흘렀는데 그사이 이렇게 성공한 것이다. 친구의 성공한 모습을 보니 반갑고 고마운 생각이 들었다.

점심은 학원 옆 식당에서 먹었다. 많은 중국 음식을 맛보게 해주려는 N의 배려로 배가 터질 만큼 먹고 또 먹었다. 한 상 가득히 음식이 들어오고 난 뒤에 그녀는 맥주 한 상자를 주문했다. 큰 병에 담긴 맥주는 더운 여름 날씨로 뜨뜻하다. 중국 사람들은 우리와 반대로 찬 것을 별로 좋아하지 않아서 여름에도 뜨거운 물을 즐겨 마신다고 한다. N이 자꾸만 음식과 맥주를 권해서 더 이상 먹을 수 없는 지경에 이르렀다. 도저히 못 먹겠다고 하자 이번에는 국수를 주문했다. 즐거운 고통의 연속이었다.

▌이수이 무용학원

점심 식사를 마치고 호텔에 가서 우선 체크인을 했다. 3성급 호텔인데 내가 보기에는 최상급 호텔에 뒤지지 않는 것 같았다. 깨끗한 침구와 수건에 빨간 털실로 온갖 디자인을 해놓았다. 그리고 탁자 위에는 몇 가지 과일을 담은 커다란 접시도 놓여 있다. 물론 무료였다. 우리는 짐을 풀고 잠시 호텔 사장의 정성에 감격하는 시간을 가졌다.

호텔에서 잠시 쉬고 난 다음에 N이 안내하는 대로 유원지에 갔다. 역사 유적지나 아름다운 자연 풍경을 내심 바랐으나 그녀는 나름대로 최고의 장소를 보여주고 있는 것이었다. 지역 최고의 유원지답게 별 4개의 등급이었고 자연을 이용한 무동력 놀이기구와 수목들, 그리고 커다란 연못이 조성되어 있어서 훌륭한 산책 코스로 제격이었다.

중국 사람들은 손님을 맞이하기 위해 아마도 적금을 깨어 거금을 마련하지 않나 생각된다. N은 각종 요금을 계산할 때 제법 큰 손가방에서 돈을 꺼냈는데 그 안에는 중국 돈 최고 액면가인 100위안짜리 지폐가 가득했다. 아마도 손님들이 부담을 갖지 않고 대접을 받을 수 있도록 하는 배려가 아닌가 싶다. 100위안은 우리 돈 1만6천 원쯤 되는 금액이다. 왠지 미안한 생각 반, 고마운 생각 반으로 나도 친구들이 찾아오면 이 정도는 해야겠다는 생각이 들었다.

이렇게 이수이 관광을 마치고 저녁 식사를 위해 N이 안내하는 식당에 갔다. 식당에는 한국에서 3개월간 생활했던 J가 친구들과 함께 기다리고 있고, N의 가족들도 와 있었다. 중국에서는 손님과의 만찬에 동원 가능한 가족과 지인들을 항상 초대하는 것 같다. J는 부지점장으로 승진해 있었는데 우리가 선물로 가져온 담배 한 보루를 즉석에서 뜯어 한

갑씩 친구들에게 나눠주었다. 친구들도 그 자리에서 호기심 반, 기대 반으로 피우기 시작했다. 물론 이구동성으로 너무 싱거워서 못 피우겠다고 하였는데 예상하던 대로였다. 한국 사람들은 건강을 생각해서 뭐든지 싱겁게 먹는 것이 습관이라고 말해주었다.

저녁을 파하고 J가 노래방으로 안내했다. 그리고 한참 분위기가 무르익었을 무렵 나에게 노래를 하라 자꾸 권해서 할 수 없이 등려군의 '월량대표아적심'이란 노래를 불렀는데 음정이 하나도 안 맞는다는 것을 취중에 느꼈다. 그렇지만 관객들은 외국인이 자국어로 노래를 부르고 있는 것을 신기하듯이 봐주었다. 그리고 정신을 차려보니 호텔에 와 있다. 아직 해가 지지 않은 초저녁이라 로비에 내려가 종업원들에게 발 마사지 하는 곳에 가려 하니 택시를 불러달라고 부탁했다.

택시는 가까운 발 마사지 가게로 안내했고 거기서 마사지를 받았다. 요금은 생각보다 저렴했는데 손톱, 발톱 정리와 귀에 불을 지펴 연기 소독까지 해주는 등 그야말로 풀코스였다. 중국은 직업의 귀천이 없는 듯 보였다. 마사지사도 어엿한 직업으로 여겼고 이를 이용하는 손님도 정당한 요금을 내고 서비스를 받는 것으로 생각하는 것 같았다. 그래서 발 마사지 가게가 많은 것이리라.

마사지사들은 한국 사람을 처음 보았다며 매우 친근하게 이것저것 관심을 가지고 물어보았다. 우리는 어설픈 중국어로 답변을 해주었는데 이런 우리가 더 신기하고 재미있었던 모양이다.

다음 날 아침 N이 찻잔과 차 재료를 사서 선물로 주었다. 그리고 마침 컴퓨터 관련 일을 보러 왔다가 칭다오로 되돌아가는 친척이 있었는데 그 승용차를 이용하도록 연결해주어 편안하게 칭다오까지 갈 수 있었다. 칭다오까지는 차로 4시간의 거리였다.

[칭다오에서 맥주 두 잔]

칭다오에 도착하여 호텔에 짐을 풀고 인근에 있는 천주교당으로 갔다. 천주교당은 독일이 칭다오를 조차했을 때 건축하였다고 하며 건물이 유럽풍이어서 예비 신혼부부들의 웨딩 촬영 장소로 이용되고 있었다. 그래서인지 성당의 경건함이나 엄숙함은 느낄 수 없다.

| 천주교당 | 화석루 |

▌칭다오 맥주거리　　　　　　　　　　　　▌한글 간판

또한 성당 내부는 입장료를 내야 들어갈 수 있었으나 이날은 휴관인
지 문이 닫혀 있어서 내부를 볼 수는 없었다. 그래서 잠시 인증사진을
찍고 택시로 빠다관에 갔다.

빠다관은 독일의 조차지였을 때 외국인들이 집이나 별장을 짓고 살
았던 곳이라고 한다. 이곳에 화석루라는 석조 저택이 있는데 한때 장개
석이 머물렀다고 하며 관광객으로 붐비고 있다.

화석루 내부는 입장료를 내면 들어갈 수 있으며, 장개석이 사용했던
물건인 듯한 집기들도 전시되어 있다. 중국은 어떤 역사이던지 자국의
역사로 받아들이고 관리하는 것 같다는 생각이 들었다.

화석루를 나와 택시를 잡아타고 칭다오 맥주공장에 가자고 했다. 그
런데 교통 정체가 심하다는 이유로 기사가 약간 짜증을 낸다. 하지만
우리가 외국인임을 알자 군말 없이 차를 몰았다. 그리고 맥주거리 입구
에서 내려주며 더 이상 갈 수 없으니 길을 따라 쭉 걸어가면 맥주공장

이 나온다고 알려주었다.

기사가 알려준 방향으로 맥주 주점이 즐비하게 늘어서 있다. 그리고 그 길을 쭉 따라가면 맥주공장이 나온다. 칭다오 맥주공장은 독일 조차지였던 시기에 세워졌던 공장으로 지금은 중국에서 운영하고 있다. 옛 맥주공장은 박물관으로 조성되어 있고, 입장료를 내고 안으로 들어가면 맥주 한 잔과 땅콩 안주를 약간 준다. 산동 여행을 자축하며 건배하니 가슴이 시원하고 기분이 좋아진다. 박물관 동선을 따라 맥주 생산과정이 전시되어 있으며, 전통 독일식 맥주를 생산한다는 자부심을 엿볼 수 있다.

맥주 박물관 관람이 끝나갈 무렵 맥주 한 잔씩 무료로 나눠주는 코너가 또 나온다. 여기서 맥주 한 잔과 땅콩 안주를 먹으며 박물관에 온 보람을 한껏 느껴본다.

❙ 맥주 생산과정

　🍄 내 마음의 샹그릴라를 찾아서

맥주공장 견학을 끝내고 다음 날 아침 귀국 일정에 올랐다. 그리고 서해안 고속도로를 이용하여 집에 오는 길에 휴게소에 들렀다. 참으로 오랜만에 한국 음식을 먹으며 2% 허전함을 채우는데 목을 타고 넘어가는 라면 국물이 참 시원하다. 여행이 좋아도 가끔씩 고향의 음식을 먹어줘야 몸이 제대로 작동한다는 것을 깨닫는 순간이다.

이번 여행에서는 친구들 덕분에 배낭을 메고 거리를 헤매는 수고는 크게 덜 수 있었다. 비록 처음 만나는 사람들이었지만 친구의 소개라는 인연의 끈이 있었으므로 만나는 순간부터 이미 친구였다. 친구가 처음 방문을 해주었으므로 첫 식사를 대접해야 한다는 손님맞이 예법은 우리와 크게 다르지 않았지만 그 극진함은 우리가 따라가지 못하리라는 생각이다. 반가움의 크기만큼 우리에게 쓴 비용도 비례하였으리라. 나도 언제가 될지는 알 수 없지만 이들을 한국으로 초청하여 받은 것 이상의 보답을 하리라 다짐했다.

그리고 세월이 흘러 Z가 졸업을 하고 북경에서 취직을 하였다. 그 이후로 몇 번 북경에 갈 일이 있어서 만났고 또 우리 집으로 초청하여 우정을 나눌 수 있었다. 그러나 D는 린이에 있는 패스트푸드점 책임자로 발령이 났고 일이 바빠 아직 한국에 올 수 없다. 물론 그 여자친구와 결혼을 하였고 아이를 낳아 잘 기르고 있다. P와 C도 결혼한 후 아이 낳고 잘 살고 있다고 한다. 가끔씩 연락을 해보면 중국에 놀러 오라고 한다. 언제고 시간이 되면 다시 만날 수 있으리라. 세월이 너무 흐르기 전에⋯⋯.

제**7**편

다시 찾은
황산

다시 찾은 황산

"친구 따라 강남 간다"는 말이 있다. 국어사전을 보면 자기는 하고 싶지 않지만 남에게 끌려서 덩달아 하게 됨을 이르는 말이라고 정의되어 있다. 좋은 말인 줄 알았는데 사전을 보니 별로 좋은 말이 아닌 것 같다. 하지만 친구 찾아 강남 간다는 말은 그리 나쁘지만은 않은 말일 듯싶다. 따라가는 것이 수동적인 것이라면, 찾아간다는 것은 스스로의 판단으로 마음이 가는 대로 움직이는 능동적인 것이기 때문이다.

3박 4일의 일정으로 황산에 다녀온 적이 있다. 겨울이었지만 난징역에서 야간열차를 타고 새벽에 황산역에 도착하였다. 곧바로 버스를 이용하여 황산에 갔었는데 산봉우리에 처음 도착했을 때 눈앞에 펼쳐진 파란 하늘과 하얀 운해는 그야말로 장관이었다. 그때의 그 감동은 지금까지도 잊지 못하고 있다. 그래서인지 나의 황산예찬은 기회 있을 때마다 터져 나왔다.

너무 황산을 과대 포장한 것일까? 여기저기 황산을 가고 싶다며 함께 가자는 청이 들어왔고 벗들을 위해 다시 한번 황산에 갈 수밖에 없었다. 그래서 생각해낸 것이 상하이에 살고 있는 중국 친구 H를 만나는 일정을 여행 계획에 살짝 끼워 넣는 것이었다. 그래야 나도 재방문의 이유가 될 것이기에 말이다. 우선 인터넷으로 5일 일정의 왕복 항공권과 기차표 구입, 호텔 예약으로 여행 준비를 마쳤다. 그리고 시간이 흐르고 흘러 드디어 1월이 되었고, 김포공항에서 출발하여 상하이 홍챠오공항으로 향했다.

홍챠오공항은 상하이 시내권에 있는 공항으로 도보로 이동 가능한 거리에 지하철역이 있고 두 정거장만 가면 홍챠오역이 나온다. 홍챠오역에서 기차를 타야 하므로 안성맞춤이고 공항에서 시내로 가는 교통비와 시간을 아낄 수 있어 푸동공항을 이용할 때보다 참 편리하다.

두 시간의 비행 끝에 홍챠오공항에 도착하여 밖으로 나와서 길을 찾는데 공항을 빠져나온 승객들이 줄지어 한 방향으로 이동하고 있는 모습이 보였다. 어디로 가고 있는지 길게 생각할 필요가 없다. 십중팔구는 지하철역을 향해 움직이고 있을 것이다. 대략 5분쯤 따라갔을까? 지하철 입구가 보이고 사람들의 행렬이 그곳에서 사라져 간다.

【 수향도시, 쑤저우 】

홍챠오역에서 고속기차를 타고 30분을 달려 쑤저우에 도착했다. 처음 와보는 쑤저우는 나에게 미지의 세계와도 같았다.

일찍이 하늘에는 천당이 있고 땅에는 쑤저우와 항저우가 있다(上有天堂, 下有蘇杭)는 말을 들어서인지, 아니면 낮 시간을 이용하여 잠시 쑤저우를 둘러보고 야간열차로 황산에 갈 계획이라 시간이 촉박해서인지 마음이 조급해졌다.

쑤저우는 춘추전국시대 오나라의 도읍이었고, 마르코 폴로가 동양의 베니스라고 이름 지었을 정도로 경치가 수려하다고 한다. 특히, 장강의 하류에 위치한 강남 지방은 옛날에 중요한 교통수단이었던 운하가 거미줄같이 발달하였는데, 쑤저우가 바로 운하에 둘러싸인 수향도시이다. 수나라 때 대운하가 건설되면서 강남의 쌀 수송지로 발전하게 되었고 수운을 이용한 무역이 활발하게 이루어졌다고 한다. 또한 견직물과 자수제품 그리고 면포가 많이 생산되었고 관료와 지주들이 만든 정원들이 많아 정원의 도시라 불리고 있다. 대표적인 정원으로 졸정원, 창랑정, 유원, 사자림이 있다.

시간이 많지 않았으므로 배낭을 역내 보관소에 맡긴 후 택시를 타고 명나라 때 만들어진 쑤저우 최대의 정원이자 세계문화유산에 등재된 졸정원을 찾았다. 졸정원(拙政园)은 '어리석은 자가 정치를 한다'는 뜻의 '졸자지위정(拙者之爲政)'이란 시의 한 대목에서 이름을 따온 것으로, 이 정원을 만든 왕헌신(王獻臣)이 중앙의 권력에서 밀려나 낙향하여 정원을 짓고 자조하는 뜻으로 이 이름을 지었다고 한다. 쑤저우의 정원 중 가장 넓고 화려하며 4만여㎡에 이르는 부지의 절반 이상이 연못과 수로로 이루어져 있고 물가의 많은 누각들은 회랑으로 연결되어 있어 화려함의 극치를 보여준다.

한국은 눈 내리는 겨울이었지만 이곳 쑤저우는 위도상 한참 아래여서인지 파릇한 이파리가 매달려 있는 나무가 간간이 눈에 뜨인다.

  과연 강남이다. 우리나라의 제비들이 겨울이 오기 전에 따뜻한 강남
에 갔다가 봄에 다시 돌아온다고 하는데 제비들은 어디에 있는지 보이
지 않는다. 그래도 왠지 낯설지가 않다. 우리에게 친숙한 제비들의 고
향이라 그럴지도 모르겠다.

  아름다운 정원의 경치에 취해 오래오래 머물고 싶지만 우리에게 주
어진 쑤저우에서의 시간이 제한되어 있어 아쉬움을 남겨놓은 채 밖으
로 나왔다. 그리고 날이 어두워지면 이동이 어려울 것 같아 바로 택시
를 타고 쑤저우역으로 되돌아왔다.

▌쑤저우역 광장에서

　겨울철이라 땅거미가 빠르게 지고 있었다. 사방이 어둠으로 묻혀가
자 하나둘 야경이 밝아지면서 숨겨져 있던 상징물이 드러났다. 광장 중
앙에는 북송의 유명한 정치가이자 군사가, 탁월한 문학가이자 교육가
인 범중엄(范仲淹)의 동상이 세워져 있고, 동상 아래에 '先天下之憂而憂
後天下之樂而樂'이라는 글이 새겨져 있다. '천하의 사람들이 걱정하기
에 앞서 걱정하고 천하의 사람들이 다 기뻐하고 난 다음에 기뻐하라'는
뜻으로 그의 저서 『악양루기(岳陽樓記)』에 남긴 명언이다.

　범중엄은 어렸을 때 가정 형편이 어려워 죽 한 그릇을 끓여 굳어지면
칼로 네 조각을 낸 후 아침저녁으로 두 개씩 꺼내어 먹으며 책을 읽었
고, 겨울에는 찬물로 세수하여 졸음을 쫓으며 공부한 끝에 과거에 급제
하여 훗날 송나라 제일의 명신이 되었다고 한다. 그런 그가 지금 쑤저
우역 앞에 동상으로 서 있다. 『목민심서』를 남긴 다산 정약용처럼 지도

자가 가슴에 담아야 할 명언을 남긴 그는 수세기가 지난 지금까지도 높이 평가받고 있는 인물임에 틀림없어 보인다.

위인은 세상이 어지러울 때 더 빛이 나고 난세가 영웅을 만든다는 말을 증명이라도 하려는 듯 어둠 속 금빛 경관조명이 더 인상적이다.

[야간열차를 타고 황산으로]

야심한 밤이 되어 기차를 탔다. 시간을 절약하기 위하여 잠은 침대가 있는 기차에서 자기로 한 것이다. 쑤저우에서 황산역까지는 9시간여를 가야 한다. 예약된 호실을 찾아가서 배낭을 놓고 침대에 누우니 안도감이 피로를 몰고 와 눈꺼풀을 스르르 주저앉힌다. 흔들거리는 기차도 밀려오는 잠을 막지는 못할 것이다.

잠이 들고 얼마나 시간이 지났을까? 심하게 반복되는 덜컹거림에 의식이 돌아왔다. 잠을 못 자면 다음날 힘들기 때문에 억지로 눈을 감고는 있으나 반복되는 덜컹거림은 비몽사몽 정신을 혼미하게 한다. 기관사가 신참인 것인지, 철로의 사정이 좋지 않은 것인지 도저히 숙면을 이룰 수 없다. 이쯤 되면 누군가 불평을 하거나 항의를 해야 하는데 객실을 꽉 채울 정도로 많은 사람들이 타고 있었으나 나 대신 항의를 해주는 사람은 아무도 없다. 아마도 일상적인 현상이라 습관이 되어 그럴지도 모를 일이다.

▌ 새벽녘 잠에서 깨어

급정거하는 듯한 흔들림을 견디며 자다 깨다를 반복하다 보니 차장
이 와서 목적지인 황산역에 곧 도착한다고 깨운다. 급한 마음에 세수를
하고 침대칸을 탔다는 인증사진을 찍었다. 그리고 기차에서 내려 황산
정상에 있는 호텔에서 1박을 할 때 꼭 필요한 기본적인 것들만 작은 배
낭에 따로 담아 어깨에 메고 나머지는 역 구내의 짐 보관소에 맡겼다.

역 광장에 있는 식당에서 간단한 아침 식사를 하고 나오니 버스 호객
꾼이 따라붙는다. 내가 황산역 앞에서 버스를 탄 경험이 있었기 때문에
순순히 따라가 안내하는 대로 버스를 탔다. 그런데 기사는 빨리 가고
싶은 승객들의 기대는 아랑곳하지 않고 빈 좌석을 다 채우고 나서야 차
에 시동을 걸었다.

언제나 그랬듯 버스는 고속도로를 달려 1시간 만에 황산 입구 셔틀
버스 정류장에서 멈춘다. 우리는 조금이라도 빨리 정상에 도착해야 낮

　　　　　　　　　🚩 내 마음의 샹그릴라를 찾아서

동안 정상 부분에 있는 명소들을 다 둘러볼 수 있을 것이므로 서둘러 셔틀버스에 올랐다. 능수능란한 기사의 운전 실력에 승객들은 좌로 쏠리고 우로 쏠리며 기대에 부푼 표정으로 차창 밖 구경에 여념이 없다.

끝없이 이어져 있는 대나무밭을 바라보며 혹시 판다가 살고 있지 않을까 기대를 해보았지만 그림자도 보이지 않는다.

판다는 중국에서만 서식한다는 얘기를 들었었다. 그래서인지 대나무 숲을 보자마자 판다가 있을 것으로 생각했다. 왜 그런 생각이 들었을까? 아마도 선입견이 이유일 것이다. 울창한 대나무숲과 중국이라는 위치가 판다 생각을 불러왔을 것이다. 선입견은 이처럼 제 생각대로 포장도 하게 되고 경우에 따라서는 부정적인 인식을 갖게 만드나 보다.

판다가 없음을 확인할 즈음에 케이블카가 있는 운곡사에 도착했다. 겨울 비수기라 관광객이 그리 많지 않다. 케이블카는 사람이 타자마자 천천히 움직이나 싶더니 빠르게 땅을 박차고 허공에 올라선다. 그리고 고도가 높아지면서 세상이 까마득히 멀어져 간다. 이제 운해에 떠 있는 섬과 같은 정상에서 신선이 된 기분을 만끽하게 되리라.

【 시신봉을 지나 서해대협곡으로 】

출발 10여 분만에 백아령에 도착했다. 설레는 마음으로 케이블카에서 내려 위쪽으로 달리듯이 올라가는데 기대했던 운해는 보이지 않고 멀리 인간세상이 보인다. 산 아래에서부터 정상에 있을 운해를 입에 침이 마르도록 설명했는데 참으로 난감하다. 그런데 발아래 하얀 눈밭에 원숭이 한 마리가 앉아 있다. 뒤따라오는 일행들에게 야생원숭이가 있다고 소리치며 손가락으로 가리키자 모두들 신기한 듯 바라본다. 일행들의 시선을 원숭이에게로 돌린 나는 운해가 없어 겸연쩍은 순간을 어물쩍 넘겼다.

정상까지 가려면 시간이 별로 없다며 일행들의 발걸음을 재촉했다. 운해가 없다는 불평을 듣기 전에 최대한 빨리 빼어난 경치를 보여주어야 했기 때문이다. 나의 빠른 걸음에 일행들은 다른 생각할 여유도 없이 헉헉거리며 뒤따라온다.

숨이 차오르고 땀이 흐르려는 순간 파란 하늘을 배경으로 서 있는 시신봉이 발걸음을 멈추게 한다. 명나라 서하객이 황산을 유람한 후에 "황산에 오르면 다른 산은 보이지 않는다"고 극찬했는데 이것을 믿지 않았던 청나라 태평현령 진구폐가 처음 황산에 올라 이곳을 보고는 서하객의 말이 사실임을 믿기 시작했다고 해서 시신봉(始信峰)이라는 이름이 유래되었다고 한다.

▌ 시신봉(始信峰)

뒤따라온 일행들도 시신봉을 보더니 진구폐처럼 감탄한다.

과연 황산의 아름다움을 처음 느끼게 해주는 봉우리가 맞는듯하다. 바위 틈새에 뿌리를 내린 소나무 분재 또한 아름답기 그지없다. 이제 운해가 없다고 원성을 듣지 않아도 될 것이다. 경치를 배경으로 단체사진을 찍고는 각자 알아서 개인사진을 찍느라 여념이 없는데 나는 인솔자로서 마음이 조급해진다. 해가 지기 전에 광명정에 도착하여 부근에 있는 호텔에 체크인을 해야 하기 때문이다.

다시 일행을 재촉하여 사람들의 왕래가 많은 길을 따라 한참을 가노라니 호텔이 즐비하다. 북해(北海)에 당도한 것이다. 이곳은 해발 1,600m의 넓은 개활지로 빼어난 봉우리와 희귀한 소나무가 유명하고 서해대협곡, 광명정으로 가는 길목이다.

▌ 바위에 앉아 있는 원숭이

다행히 변화무쌍한 구름이 운해를 이루었다가 흩어져 가고 있다. 다양한 모양의 소나무와 원숭이가 봉우리에 앉아 바다와 같은 운해를 바라보는 듯한 바위 등 기묘한 경치가 눈길을 사로잡는다.

이른 아침에 출발해서인지 북해를 지나 서해 초입에 당도하니 배가 출출하다. 전에도 그랬던 것처럼 호텔로 들어가 식당을 찾았다. 그리고 메뉴판을 달라고 한 후에 야채와 닭고기 요리, 그리고 밥을 주문하여 점심 식사를 해결하였다. 산중이라 그런지 음식값도 비싸고 양도 많지 않았지만 차가운 바람을 피하고 아늑한 실내에서 따뜻한 식사를 할 수 있다는 것이 다행이었다. 덤으로 휴대폰 충전까지 하니 더욱 좋다.

식사를 마치고 서해대협곡을 향해 발길을 옮겼다. 끊임없이 이어진 산길은 돌과 시멘트로 포장이 되어 있다. 다니는 내내 등산화에 흙 묻을 일은 없다. 만약 누군가 무심코 쓰레기 하나라도 떨어뜨린다면 어디에서 왔는지 미화원이 금방 수거하기 때문에 항상 깨끗한 상태가 유지되고 있다.

쓰레기통도 바위를 쪼아서 만들었는지 아니면 시멘트를 바위처럼 만들어놓았는지 주변과 조화를 이루고 있어 전혀 쓰레기통이라는 느낌이 들지 않는다. 또한 조금이라도 쓰레기가 담겨 있으면 금방 수거하여 항상 비어 있는 상태다. 소소한 인공물도 자연에 가깝게 만들어놓는 세심함이 황산이라는 산을 더욱 신비하게 만들고 있다.

새로운 경치에 대한 기대감을 안고 오르는 산행이라 그런지 오랜 시간을 오르락내리락하며 걸었음에도 피로하지 않다. 사는 것도 이런 것일까? 인생길도 멋진 일이 있을 것이라는 희망이 있다면 어렵지 않게 갈 수 있다는 생각이 들었다.

▌ 황산의 봉우리

[서해대협곡에서 광명정으로]

목표가 반드시 이루어질 수 있다는 희망은 어떻게 가질 수 있는 것일까? 저녁이 되기 전에 황산의 주요 봉우리를 따라 광명정까지 그리고 목적지인 산정의 호텔까지 충분히 갈 수 있다는 계산과 가는 길에 있을 아름다운 절경에 대한 정보들이 모여 희망을 만들었을 것이리라.

그런데 잔뜩 기대를 하고 서해대협곡 입구까지 갔는데 겨울철 결빙으로 위험하다는 표지와 함께 철문이 굳게 닫혀 있다. 할 수 없이 발길을 돌리는데 갑자기 몸이 무거워진다는 느낌이 든다. 희망이 있어야 하는 이유가 바로 이런 것이 아닐까 한다.

발길을 돌려 멀리 가야 할 목적지를 바라보니 광명정의 둥근 축구공 형상의 조형물이 눈에 들어온다. 산행을 하는 사람들에게 물어보니 대답이 다양하다. 물탱크라고도 하고, 광명정의 상징탑이라고도 하고, 어떤 이는 기상대라고도 한다. 또 어떤 사람은 중국 축구가 발전하기를 기원하기 위해 세워놓은 것이라고 한다.

아무튼 이날의 최종 목적지가 가까이에서 보여서인지 다시 힘이 나고, 곧 목표를 이룰 수 있다는 희망에 발걸음이 빨라진다. 황산의 유명한 명소인 비래석까지 900m, 그 비래석부터 광명정까지는 600m 남았다고 이정표에 그려져 있다. 정말 다 온 것이다.

이런저런 생각을 하며 걷다 보니 어느덧 비래석에 도착했다. 커다란 바위의 평평한 단 위에 뾰족한 바위가 비석처럼 하늘을 향해 서 있는 기묘한 형상이다. 전설에 의하면 아주 오랜 옛날 어느 선인이 구름을 타고 돌을 운반하다가 황산의 경치를 보고 감탄하였는데 바로 그 순간 실수로 돌을 떨어뜨렸다고 하여 이름이 비래석(飛來石)이라고 붙여졌다고 한다.

❙ 비래석

　바위를 쪼아서 만들어진 계단을 따라 비래석을 받치고 있는 단위에 올라가 보니 많은 사람들이 난간에 기대어 사진을 찍고 있다. 아찔한 절벽 끝이라 무서울 텐데 한 장의 멋진 사진을 위해 사람들은 무서움과 위험을 마다치 않는다. 나도 사람들 틈에서 간신히 기회를 잡아 인증사진 한 컷을 찍고 내려와서 사진을 확인해보니 배경이 바위벽뿐이다. 아쉬운 마음에 가던 걸음을 멈추고 멀리서 비래석을 배경으로 다시 인증 사진을 찍어서 확인해보니 절벽 위에 아찔하게 서 있는 비래석이 경이롭기만 하다. 때로는 적당한 거리도 필요한 것일까? 멀리서 바라보아야 아름답다는 말이 새롭게 다가온다.

비래석의 기이한 모습을 뒤로하고 다시 발길을 옮기니 얼마 가지 않아 광명정이 나타난다. 더 높은 봉우리가 있겠지만 온종일 걸어서 도착한 최고의 높이다. 이제 조금만 아래로 내려가면 예약해놓은 호텔이 있다. 무리하지 않게 천천히 움직였던 산행이지만 가랑비에 옷 젖는다고 조금씩 쌓인 피로에 몸이 무거워진다. 누가 가자고 한 것도 아닌데 내가 일어서자 모두가 따라 일어선다. 암묵적인 동의하에 호텔을 향해 발걸음을 옮겼다.

▌광명정에서

　　　　　　　　　　　　내 마음의 샹그릴라를 찾아서

[황산에서의 하룻밤 그리고 일출]

20분쯤 내려갔을까? 드디어 호텔 앞에 도착했다. 겨울철이라 객실료는 성수기에 비하면 반값이다. 4성급이었는데 난방시설은 없고, 다만 물을 가열하여 난방하는 작은 전열기구 하나가 고작이다. 산 아래의 호텔은 편의시설이 다 갖춰져 있겠지만 정상 부근이라 그런 것인지 모든 것이 빈약하다. 그래도 산정에 있는 호텔을 고집한 것은 다음 날 정상에서 일출을 보려는 목적이 있었기 때문이다.

일출을 보는 것이 이 모든 불편함을 감수할 정도로 가치 있는 것일지는 모를 일이지만 나는 일출을 포함한 여행 계획을 세웠었다. 왜냐하면 빼어난 절경의 황산 정상에서 일행들과 함께 일출을 본다는 것이 매우 멋진 일이기 때문이다. 호텔 식당에서 저녁 식사를 마치고, 일행들에게 아침 모닝콜을 예고했다. 그리고 오래도록 잊히지 않을 추억을 위해 일찌감치 잠을 청했다.

황산예찬의 최정점이었던 일출을 다시 본다는 것은 어떤 느낌일까? 처음 황산의 산봉우리에서 일출을 접했을 때는 사진을 찍느라고 작은 렌즈를 통해 봤었다. 한쪽 눈을 감고 뷰파인더를 통해 빛줄기가 온 운해와 하늘을 붉게 물들이고 있는 광경을 목격하였는데 그 장엄함이란 말로 표현할 수 없었다. 그런데 디지털카메라 뷰파인더가 아니라 맨눈으로 바라보았더라면 어떤 풍경이었을지 아쉬움이 내내 사그라지지 않았다. 아름다움을 머리와 가슴이 아닌 사진으로 남기려고 한 나의 선택이 얼마나 잘못된 것이었을까? 더구나 찍어놓은 사진은 완벽하지 않은 기기의 성능으로 사실적이지도 않다. 사진은 무의미하게 보관된 기록일 뿐이다. 가끔 황산의 경치를 남에게 자랑할 때 휴대폰에 저장된 사진을 보여주곤 했지만 별다른 의미는 없었다.

모닝콜이 울렸다. 이번에는 사진 찍는 일보다는 눈과 가슴으로 일출을 감상하는 데 집중하겠노라고 다짐하며 광명정에 올랐다. 너무 일찍 출발한 탓인지 사방은 어둠에 덮여 있고, 나처럼 마음이 급한 사람들이 미리 나와서 일출 감상에 좋은 위치를 선점하고 있다. 가까스로 빈틈을 찾아 자리를 잡았지만 작은 불빛조차 보이지 않는다. 시계를 보니 해가 떠오르려면 시간이 30여 분 이상 남아 있다.

그제도, 어제도 일출은 어디에서나 있었지만 일상 속에서는 아무도 밖으로 나와 일출을 맞이하지 않았을 것이다. 우리가 오늘 일출을 보러 나온 것은 황산이라는 특별한 장소에 있기 때문이다. 공기처럼 꼭 필요하지만 너무 흔해 별 관심이 없었던 것들도 한 번쯤 어떤 의미를 부여하면 그 존재에 대한 간절함이 커지는 것일까? 그래서인지 특별하지도 않은, 그리고 마음만 먹으면 매일 볼 수도 있는 일출, 그것을 잠깐이라도 보기 위해 새벽잠도, 고단한 몸을 녹여주는 달콤한 늦잠도 포기하고 산 정상에 올라와서 일출을 간절히 염원했다.

조금이라도 자리를 비우거나 틈을 보이면 누군가가 차지해버릴 것이므로 꼼짝도 하지 못하고 동쪽 하늘을 주시하기를 수십 분, 드디어 검은 어둠 속에서 희미한 빛이 고개를 내민다. 그리고 결코 뚫을 수 없을 것 같았던 밤의 마지노선이 서서히 무너져 갔다.

▎ 황산의 일출

　나는 사진을 찍기보다는 빛이 어둠을 이기고 세상의 주인이 되는 순간을 지켜보았다. 처음 어둠 속에 작은 불씨 하나를 만들기 위해 하늘은 치열한 싸움을 벌인 탓에 한동안 파랗게 멍이 들었지만, 한 점 작은 빛이 피어오르자 봄날의 들불처럼 걷잡을 수 없을 정도로 빠르게 번져 갔다. 그리고 기다렸던 내일, 새로운 하루가 시작되었다.

　그런데 장엄하게 떠오르던 태양도 일단 세상에 완전히 그 모습을 드러내자 평범한 하루의 일상 속으로 묻혀 갔다. 그리고 언제나 떠 있는 태양은 아무 의미도 없다는 듯이 사람들은 썰물처럼 흩어져 사라져 간다. 우리도 썰물의 물 분자가 되어 왔던 곳으로 되돌아가서 아침 식사를 하고 하산 길로 접어들었다. 또 다른 하루의 여정을 위해…….

【 황산을 뒤로하고 】

새로운 여정이 시작되었다. 먼저 호텔에서 1시간 반 거리의 옥병잔에서 케이블카를 타고 자광각으로 갈 것이다. 그리고 그곳에서 셔틀버스를 타고 황산 입구 정류장에 도착하면 버스를 갈아타고 황산역으로 가서 상하이행 야간열차를 타는 것으로 하루의 일정을 마무리할 것이다.

▌옥병잔으로 이어진 백보운제 절벽 길

호텔을 떠나 옥병잔 방향을 바라보니 바위를 쪼아 길을 낸듯한 탐방로가 아찔하게 이어져 있다. 자연적으로 생겨난 것인지, 시멘트로 만든 인공물인지는 모르겠으나 돌계단 아래 절벽이 아찔하기만 하고, 멀리 뱀처럼 길게 이어져 있는 길을 가고 있는 사람들은 개미처럼 작게 보인다.

한참을 걸은 후에 나도 백보운제 계단 앞에 도착했다. 그런데 경사가 얼마나 급한지 뒤로 떨어질 것 같아 거의 기다시피 해야 했다. 황산에서는 거의 모든 봉우리에 갈 수 있도록 길을 만들어놓은 듯하다. 걸어가기 불가능할 것 같은 절벽에는 잔도를 놓거나 바위에 구멍을 뚫어 길을 내었다. 그리고 빼어난 산봉우리에는 케이블카를 타고 편하게 갈 수 있도록 해놓았다.

백보운제 마지막 계단에 발을 올려놓으니 매점이 보이고 많은 사람들이 그곳에서 음료수를 사 먹고 있다. 나도 그들처럼 매점에서 물과 삶은 달걀을 사 먹으며 쉬고 있는데, 가까운 거리에 황산의 최고봉인 연화봉으로 가는 길이 보인다. 반가운 마음에 오르려고 가까이 가보니 겨울철 결빙으로 위험하다고 통제되고 있다. 다시 올 기약도 없는데 갈 수 없다니 아쉽기 그지없다. 연화봉을 포기하자 멀리 옥병잔이 눈에 들어온다. 내려가는 길이고 목적지가 보여서 그런지 얼마 지나지 않아 케이블카 탑승장에 도착하였다. 그리고 케이블카를 타자마자 금방 자광각에 도착했다.

자광각에서 셔틀버스로 황산 입구까지 간 다음 시내로 가는 버스를 갈아탔는데 겨울철이라 손님이 뜸해서인지 출발할 생각을 않는다. 그래서 버스에서 내려 택시 쪽으로 가서 가격을 흥정하니 200위안을 요구한다. 너무 파격적인 요금이다. 아마도 손님이 없으니까 우선 개시라도 하고 싶은 모양이다. 우리는 시간이 돈인 가난한 여행자이기 때문에 언제 출발할지도 모르는 버스를 마냥 타고 기다릴 수도 없어서 택시를 타기로 했다.

택시기사는 고속도로 통행료를 절약하려는지 구불구불한 일반도로 위를 달렸다. 알던 도로가 아니고 인적도 드문 시골 길이어서 약간 불안하기는 했지만 그래도 기사의 인상이 선량해 보여 안심이 되었다. 가면서 그의 가족에 대하여, 황산에 대하여 이것저것 물어보니 순수한 대답이 돌아왔다. 사람들의 선한 마음은 어딜 가나 똑같다는 생각이 들었다.

툰시노가에서 내려 옛 거리를 걷다가 점심 식사를 국수로 해결했다. 그리고 저녁때까지 시간을 보내려고 찻집에 들러 차 한 잔 마시고 마사지 가게를 찾았는데 어디에 있는지 보이지 않는다.

❙ 툰시노가

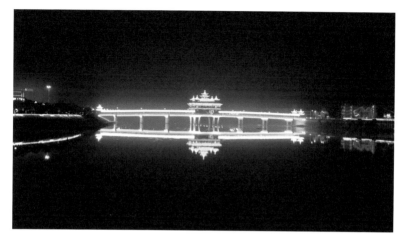

　그래서 길옆 매점 주인에게 물어보니 가게를 비운 채 따라오라고 한
다. 그냥 손가락으로 방향만 알려줘도 될 텐데 이렇게까지 친절을 베풀
어주니 고마울 따름이다. 연이은 강행군에 발 마사지를 받으며 모두 잠
에 빠져들었다.

　얼마나 잠을 잤을까? 시간이 다 되었다고 마사지사가 흔들어 깨운
다. 혼미한 정신을 가다듬고 일행들과 밖에 나와 보니 어스름한 어둠이
내려앉고 있다. 깜짝 놀라 다시 노가로 들어가 간단히 저녁 식사를 마
치고 택시를 타기 위해 큰 도로를 찾아 걸었다. 좁은 소로를 빠져나오
자 신안강을 따라 큰 도로가 나왔고 강을 가로지르는 다리에 경관시설
과 조명등이 어둠 속에서 화려하게 빛을 발하고 있다. 그냥 스쳐 지나
갈 요량이었는데 뜻하지 않은 야경이 이국적인 분위기를 느끼게 해준
다. 관광객을 위한 작은 배려가 잠시 발길을 멈추게 한다.

[강남에서 다시 만난 친구]

황산에서의 일정을 마치고 야간열차 침대에 누워 눈을 감았다가 부스럭거리는 소리에 놀라 일어나보니 어느새 상하이에 다가와 있다. 잠이라는 것이 의식 중에 찾아오는 것이 아니라 깜박하는 사이 인체의 기능을 정지시키는 마법이 아닐까 생각된다. 잠이 들면 아무리 긴 시간일지라도 지루함을 느낄 수 없게 만드는 것 같다. 기차는 밤새 9시간이 넘는 시간을 달려왔고, 시간은 쉬지 않고 흘러갔지만 나는 잠이라는 마법에 걸렸기 때문에 아무 일 없었던 것처럼 기차에서 내려 상하이역을 빠져나왔다.

역 출구에 중국인 친구 H가 기다리고 있다. 친구들을 위해 기꺼이 황산 여행 가이드를 맡을 수 있었던 것은 바로 이 친구를 만나려는 목적이 있었기 때문이다. 몇 년 전 인사동의 한식당에서 점심 식사를 하고 있을 때 바로 옆 외국인 부부가 음식 주문에 어려움을 겪는 모습을 보고 도와줬던 일이 있었다. 그리고 이것이 인연이 되어 친구가 되었다. 전에 황산에 갔다가 상하이를 통해 귀국하던 날 잠시 만났지만 짧은 시간이라 아쉬움이 컸었기 때문에 다시 만나게 된 것이다.

H도 아쉬움이 컸던지 상하이의 특별한 관광지를 안내해주었는데 소가루고진(召稼楼古镇)이라는 수향마을이었다. 상하이역에서 1호선 지하철을 타고 인민광장역으로 가서 8호선 지하철로 갈아탔다. 그리고 션두공루역(沈杜公路站)에서 내려 택시를 타고 갔는데 1시간 반쯤 걸린

것 같다.

명나라 공부의 우시랑 탄룬이라는 사람이 이곳에 건물을 짓고 농사를 지었다고 하여 '소가루(召稼楼)'라는 이름이 유래되었으며, 2008년에 상하이시에서 옛 모습으로 복원을 시작하여 지금에 이르렀다고 한다. 많은 인파로 북적이는 것으로 보아서는 꽤 유명한 관광지임에 틀림없다.

좁은 골목길을 따라 작은 상점이 이어져 있고 호떡에서부터 솜사탕, 돼지족발 등 헤아릴 수 없을 정도로 다양한 먹거리와 기념품을 팔고 있다. 주가각과 비슷한 마을이지만 경치가 더 멋있다는 생각이 들었다. 거리가 멀어 이곳에 오는데 많은 시간을 소비해야 했지만 조금이라도 좋은 곳을 보여주려는 H의 마음 씀씀이가 무척이나 고마웠다.

▌ 수향마을 소가루고진

사실 그는 우리에게 이곳을 소개하려고 많은 연구를 한 것 같았다. 지하철역에서 내렸을 때 마지막 역 부근에 미리 주차해둔 그의 승용차가 있었다. 왜냐하면 우리가 5명이었기 때문에 차량 1대로 안내하는 것이 불가능하여 지하철로 최대한 가까운 곳까지 이동한 다음, 이곳에서 택시와 승용차로 나눠 태우고 수향마을로 이동시킬 계획을 세웠던 것이다. 덕분에 별 어려움 없이 이 마을을 구경하는 행운을 얻을 수 있었다.

좁은 수로를 따라 빼곡히 채워져 있는 건물들은 베니스의 풍경과 흡사하다. 곡선과 기와로 디자인된 풍경은 내가 이국땅에 와 있음을 실감하게 한다. 우리는 수로 옆 식당에서 소가루식 점심 식사를 하면서 명청시대의 낭만을 느꼈다.

【 여행의 이유 】

소가루고진에서의 일정을 마치고 다시 택시와 지하철을 이용하여 상하이 시내로 돌아왔다. 그리고 동방명주를 지나 상하이 최고 관광지인 와이탄을 거닐다가 저녁 시간이 되자 H는 사전에 예약한 식당으로 우리를 안내했다. 한눈에 봐도 고급식당임을 현대식 실내 인테리어가 말해주고 있다. 더 놀라운 일은 H의 부인이 기다리고 있었다는 사실이다. 은행원이었던 그의 아내가 직장에서 퇴근하여 곧바로 와준 것이다. 중국에서는 손님이 찾아오면 온 가족들과 함께 식사를 대접하는 것이 관례인 것 같다.

┃ 상하이 번화가에서

┃ 예원의 거리

중국 여행을 갈 때마다 여행지나 경유지에 살고 있는 친구들에게 연락을 하면 그들은 기꺼이 길 안내를 해주고 식사 대접을 해주었는데 그때마다 식당에 가보면 항상 가족과 지인들이 나와서 기다리고 있었다. 대접받는 산해진미가 아무리 맛이 있다고 한들 멀리서 온 벗을 맞이하는 마음만 할까? 따뜻한 환대에 고마운 마음이 내내 가시지 않는다.

저녁 식사를 마치고 지하철역으로 가기로 했다. 상하이의 지리를 잘 모르는 우리를 위해서 H부부는 일찍 귀가하여 어린 딸을 돌봐야 함에도 기꺼이 남경동루까지 동행해주고 가장 번화한 밤거리를 함께 거닐었다. 그리고 귀국길에 먹으라고 간식도 사서 손에 들려주었다.

다음 날 아침 5일간의 꿈에서 깨어 다시 일상으로 되돌아가기 위해 홍챠오공항으로 향했다. 덜컹거리는 지하철 차창 밖으로 상하이 도심이 멀어져 간다. 손에는 H가 준 간식이 들려 있고, 손을 타고 전해지는 무게만큼 친구의 우정이 무겁게 느껴진다. 서로에게 바라는 것은 유무형의 이익이 아닌 형체가 없는 우정뿐인데 그것이 나에게 커다란 짐을 안겨주고 있다. 나도 내가 느꼈던 것 이상의 우정을 친구에게 주어야 하는데 당장은 아무런 방법이 없으므로 더욱 그렇다. 언젠가 봄이 오고 강남의 제비가 돌아올 때 그도 한 번쯤 더 한국에 와줬으면 좋겠다는 생각이 들었다.

제**8**편

백두산 천지의 물맛

백두산 천지의 물맛

왕초보 중국어를 시작한 지 3개월 만에 함께 공부하던 수강생 3명과 함께 중국 배낭여행을 가기로 했다. 창춘과 지린 그리고 백두산과 두만강을 거쳐 베이징 그리고 톈진으로 가는 6박 7일 일정인데 중국어를 잘하지 못하는 나로서는 우리 4명의 일행 중 가장 실력이 우수한 K가 작성한 일정표대로 움직이기로 했다.

K의 중국어 실력이 우리 3명보다는 월등했지만 그렇다고 객관적인 어학 실력은 HSK 1급 정도에도 못 미치는 수준이었다. 그를 전적으로 믿고 따라나선 우리도, 그리고 우리의 가이드 역할을 자처한 그도 약간은 무모했지만 이런 용기가 없다면 어떻게 배낭여행을 시작할 수 있을 것인가 하는 생각을 했다. 한 가지 다행인 것은 K의 중국인 친구가 지린에 있다는 것이었다.

[마지막 황제의 궁궐]

9월 29일 오후 1시 20분 드디어 비행기를 타고 창춘에 도착했다. K를 따라 수속을 마치고 공항 출구로 나오니 그의 친구 Q가 기다리고 있었다. 그는 지린에서 양봉을 연구하는 사람으로 꽤 의리가 있는 좋은 친구였다.

대기하고 있던 Q의 차를 타고 창춘에 있는 청나라의 마지막 황제 푸이의 궁궐에 갔다. 푸이는 3세 때인 1908년 황제가 되었으나 3년 후 신해혁명이 일어나 1912년 2월 제위에서 물러났다. 그리고 1934년 만주국 황제로 추대되어 일본의 꼭두각시 황제로 살았으며, 그 후 제2차 세계대전이 끝나갈 무렵 소련의 포로로 있다가 1950년 중국에 인계되어 전범재판을 받고 투옥되는 등 파란만장한 삶을 살았다.

푸이궁의 전시물을 관람하면서 황제의 영화는 찾아볼 수 없었다. 나라를 잃고 일본의 꼭두각시로 전락한 힘없는 황제의 비애만이 곳곳에 묻어 있다. 인형으로 재현해놓은 푸이 황제와 왕비의 모습은 애처롭기 그지없다. 그래서인지 그가 탔던 자동차와 사용했던 침대를 비롯한 각종 집기에는 슬픔이 가득 배어 있는 듯하다.

마지막 황제는 1959년 특사로 풀려나 베이징의 한 기계수리상점에서 일을 하다가 질병으로 생을 마감했다고 하는데 황제에서 일반 서민으로 몰락한 한 인간의 삶이 나에게 많은 생각을 안겨주었다. 황제도 노력으로 된 것이 아니고 몰락하는 과정에서도 이를 극복하려는 노력은 없었으리라. 내가 금수저가 아닌 흙수저로 태어났다는 사실에 절망할 수 없는 것은 스스로의 힘으로 한 걸음씩 금색 쪽으로 갈 수 있다는 작은 희망이 있어서일 것이다.

푸이궁 앞에 서면 '9월 18일을 잊지 말자'는 문구가 눈에 들어온다. 9월 18일은 만주사변이 일어났던 날이다. 만주사변은 1931년 9월 18일 일본 관동군이 만주를 병참기지와 식민지로 만들기 위하여 벌인 침략 전쟁을 말하는데 이때 만주를 점령한 일제에 의해 괴뢰국가인 만주국이 탄생하였고 푸이가 황제로 추대되어 이용당한 것이라고 한다. 그래서 중국 사람들은 이날을 국치일로 여기고 있다는 것이다. 보기 힘든 곳을 관광하고도 좋다거나 아름답다거나 잘 왔다는 생각은 들지 않았다. 왠지 남의 나라일 같지 않아 마음이 무거웠다.

【 중국에서의 숙취 해소법 】

찜찜한 마음으로 밖으로 나와 Q가 준비한 만찬장으로 갔다. 그곳에는 그의 지인들이 여러 명 기다리고 있었는데 환영 분위기 조성을 위해 초대했을 것이다. 나는 그동안 배운 중국어를 써먹으려고 중국어 인사말을 건넸다. 그런데 이상하게도 '니하오'라는 말이 밖으로 나오는 것이 아니라 입속으로 들어가는 것 같다. 상대방이 아무런 대꾸도 하지 않는다. 발음이 잘못된 것일까?

탁자 앞에 앉자마자 여러 종류의 요리가 쉴 새 없이 들어왔다. 컵에 따라놓은 물을 마시자 멀리서 종업원이 지켜보고 있다가 금방 가득 채워놓는다. 우리나라에서는 물을 더 마시려면 종업원을 불러 물을 가져오라고 해야 하거나 미리 물병이 세팅되어 있으면 손수 따라 먹어야 하는데 고객 서비스가 훌륭하다. 더군다나 술잔을 조금이라도 비우면 옆에 앉아 있는 중국 친구가 바로 채워준다.

중국 사람들과 자리를 함께했으므로 중국어 실습을 실컷 해야겠지만 첫 인사부터 뜻대로 되지 않아서인지 머릿속으로 중국어 문장을 그려보지만 잘 엮어지질 않는다. 그리고 어렵게 단어를 조합하여 문장을 만들더라도 화제에 맞는 말을 해야지 생뚱맞은 말을 할 수도 없다. 그래도 몇 마디는 했는데 옆 사람이 술을 따라줄 때 고맙다는 뜻의 '쎄쎄'처럼 단답형이 대부분이다.

중국의 술은 백주라고 하는데 대개 50도가 넘는 고량주이며 좀 큰 잔에 따라 마신다. 좋은 술이라 마시기에 큰 부담이 없지만 도수가 높아 한 잔 두 잔 마시다 보면 금방 취해버린다. 이날 우리가 마신 고량주는 몇 잔인지 헤아릴 수 없을 만큼 많았다.

식사가 끝나자 Q가 우리를 호텔까지 데려다주었다. 우리는 평소와 같이 입가심을 하기 위해 호텔 매점에서 맥주와 마른안주를 샀다. 그리고 호텔 밖 벤치에 앉아 나누어 마시는데 거북한 느낌이 들었다. 고량주를 너무 많이 마신 탓이다. 할 수 없이 자리를 파하고 각자의 방에 들어가 잠을 청했다.

다음 날 아침 문제가 생겼다. 일행 중 한 명이 과음으로 술병에 걸려 몹시 괴로워했다. 할 수 없이 병원을 찾았다. 의사에게 진료를 받았으나 해결책이 없다고 하여 아무런 약 처방도 못 받고 그대로 나올 수밖에 없었다.

❙ 술병(酒病) 치료를 위해 병원에서

그리고 근처의 약국에 들어가 자초지종을 말하고 약을 샀다. 그런데 약을 먹어도 아무런 소용이 없다. 술병이 난 L은 그렇게 괴로워하며 점심도 제대로 못 먹고 백두산으로 가는 대장정에 올랐다.

지린에서 백두산으로 가는 길은 생각보다 멀다. RV차를 타고 이동했는데 도로변에는 옥수수밭이 몇 시간을 달려도 사라지지 않을 만큼 끝없이 펼쳐져 있다.

🌲 내 마음의 샹그릴라를 찾아서

그야말로 광활한 만주벌판이다. 옛 고구려가 생각이 났다. 나당연합
군에 의해 멸망하여 역사 속으로 사라진 삼족오의 흔적이 긴 여백을 남
기며 멀어져 간다.

지린에서 점심을 먹고 출발하였는데 저녁이 다 되어서야 백두산 근
처인 이도백하에 도착했다. 저녁으로 반건조 명태탕을 먹었는데 고수
를 많이 넣은 탓에 입맛에 맞지 않았지만 살기 위해서 억지로 먹었다.
술병이 난 친구는 강한 향(香)으로 아무것도 먹지 못한 채 호텔로 갈 수
밖에 없었다.

미안한 마음에 소화제라도 가져오려고 호텔로 가던 중 입구에 진열된
농심 육개장 사발면이 보였다. 신기한 마음에 다가서자 주인인 듯한 아
주머니가 아주 친절하게 말을 걸어왔다. 가격을 물어보니 10위안이다.

가슴이 메슥거려 저녁을 못 먹은 L에게 효과가 있을 것 같아 1개를
샀다. 그리고 자랑스럽게 동료들에게 가서 우리나라 라면을 1,500원에

샀다고 자랑을 하였더니 갑자기 K의 중국 친구 Q가 화를 냈다. 3위안이면 살 수 있는데 바가지를 썼다는 것이다.

그가 나를 데리고 가서는 환불을 요구하자 아주머니는 그런 일 없다고 거절한다. Q가 한참 따지다가 대화가 잘 안 되는지 나보고 직접 환불하라고 권한다. 그래서 내가 직접 말을 걸어보니 어찌 된 일인지 한국어는 전혀 하지 않고 중국말만 하는 것이었다. 도저히 말이 통하지 않는다.

할 수 없이 되돌아와서 Q에게 중국에서 한국 라면을 10위안에 샀으면 된 것 아니냐고 하니까 나를 인근 마트로 데리고 갔다. 그리고 사발면이 3위안임을 보여준다. 내가 중국 라면이라 그런 것 아니냐고 하니까 주인이 빙그레 웃으며 중국 라면을 치우고 깊이 숨겨놓은 한국 라면을 꺼내 보인다. 이것 역시 3위안이라고 한다. 수량이 적어 중요한 고객에게만 파는 듯했다.

아무튼 술병이난 친구는 농심 육개장 사발면을 먹은 즉시 치유되었다. 참으로 신기할 뿐이다. 3배가 넘는 바가지를 썼지만 전혀 아깝지 않았다.

[아! 백두산]

다음 날 아침 백두산으로 갔다. 백두산은 해발 2,750m로 산정이 매우 춥다 보니 산 아래에 돈을 받고 점퍼를 대여해주는 상점이 많이 있다. 우리는 이미 가져온 옷을 많이 껴입었기에 약간 걱정은 되었지만 그대로 올라가기로 했다.

입장권을 구입한 뒤에 셔틀버스를 타고 산 아래까지 갔다. 그리고 거기서 다시 작은 차로 갈아탔는데 운전사는 구불구불 아찔한 절벽 길을 익숙한 솜씨로 달렸다. 승객들은 불안하게 차창을 바라보고 있는데 운전사는 참 태연하다. 북쪽이라 그런지 산에는 나무 한 그루 보이지 않아 아찔함이 더했다.

북쪽에서 오른다는 뜻의 북파로 오른 백두산, 중국 땅이니까 중국 이름 장백산이라고 해야 할까? 깊이만큼 푸른 천지 건너편에 북한 쪽 백두산이 가까이에 서 있다. 언젠가 가야 할 땅. 북파 백두산의 가장 높은 봉우리에서 언젠가 다시 찾아오리라 다짐하며 인증사진을 찍어본다.

▎백두산 천지

아쉬움을 뒤로한 채 다시 차를 타고 하산하여 장백폭포로 향했다. 폭포로 가는 길옆 작은 개울에는 군데군데 물방울 기포와 김이 피어오르고, 목이 좋은 곳에는 온천물로 달걀을 삶아 파는 상인이 있다. 신기한 마음에 몇 개를 사서 나누어 먹는데 온천물이 그렇게 고온은 아니었던지, 아니면 장사가 잘되어 미처 삶아질 새가 없어서인지 반숙 상태였다.

천지로 가는 길, 장백폭포가 68m 아래 수직으로 떨어져 내리고 있다. 이 물줄기는 송화강으로 이어진다고 한다.

힘차게 떨어지는 장백폭포를 지나 가파른 계단을 오르자 작은 분지 같은 평평한 지형이 나오고 장백폭포에 물을 공급해주는 시냇물이 흐르고 있다. 이제 조금만 더 가면 그토록 그리웠던 천지의 물을 직접 손으로 만질 수 있게 되는 것이다. 갑자기 일행들이 선구자를 불렀다. 가슴이 아려왔다.

백두산 천지의 물은 어떤 맛일까? 몸에 안 좋은 성분이 있어 먹지 말라고 했는데 의문을 풀어보기 위해 한번 마셔보려고 생수병에 물을 담았다. 물속에 잠긴 손이 떨어져 나갈 만큼 차갑다. 맑고 푸른 천지를 보니 나도 모르게 선구자의 가사가 떠올라 노래를 불러본다. 그리고 벌컥벌컥 소리 내어 물을 마셔본다.

"야~ 참~ 시원하다."

드디어 천지의 물을 마시고 그 기념으로 한 병을 반출하기로 했다. 당국에 반출 허가를 받아야 할까 생각도 해보았으나 장백폭포를 통해 대량 버려지는 양에 비하면 미미한 수준이라 500mL 정도는 괜찮을 것 같다는 생각에 생수병 하나 가득 천지의 물을 담았다.

ㅣ 생수병에 가득 채운 천지의 물

불어오는 바람에 잔잔한 물결이 일었다. 차가운 천지의 물에 손이 깨지는 것 같은 통증이 신경을 통해서 전해진다. 생수통에 가득 담아 주위 동료들에게 마셔보라고 건네는데 건강을 생각해서인지 아무도 마시지 않는다.

천지의 물이 가득 담긴 생수병을 들고 하산하여 두만강으로 향했다. 누가 먼저랄 것 없이 차 안에서 '두만강 푸른 물에 노 젓는 뱃사공'으로 시작되는 '눈물 젖은 두만강' 노래를 불렀다. 그리고 좌석 등받이 주머니에 애지중지 물병을 꽂아놓고 깜박 졸았다가 깨어보니 빈 병만 뒹굴고 있다.

"야~~ 누가 내 천지 물 다 먹었어~~~"

[옌지에서 베이징으로]

한참을 가다가 점심때가 되어 내리막 산길에 있는 식당에서 식사를 했다. 물론 고량주를 주문하여 함께 먹었다. 그런데 한 잔 두 잔 마시다 보니 어느새 우리가 가야 할 목적지가 있다는 사실도 잊어버린 채 대화 속으로 빠져들었다. 술을 마시면 간이 붓는다는 것이 맞는 말인지 나의 입에서 나오는 중국말을 통제할 수 없다.

하지만 고작 3개월 배운 실력으로 얼마나 소통할 수 있을까? K의 중국인 친구 Q가 조 선생의 마음을 이해한다는 말을 되풀이했다. 아마도 나의 중국어 실력이 몇 개의 단어를 조합한 횡설수설 수준이었으리라. 그럼에도 한국에서 온 친구의 말을 진지하게 그리고 끝까지 들어주는 그가 고맙기만 하다.

먼저 식사를 마치고 밖에서 기다리던 운전기사가 더 이상은 안 되겠는지 들어와서 그만 가자고 한다. 시계를 보니 두 시를 넘기고 있다. 두만강에 가기에는 너무 늦었다고 한다. 서둘러 식사 자리를 파하고 차를 탔다. 운전기사가 있는 실력을 다 발휘하여 속도를 내보지만 구불구불 산길은 가도 가도 끝이 없다. Q가 시계를 몇 번 보더니 도저히 안 되겠는지 두만강 관람은 포기하고 옌지로 직접 가야 한다며 행선지를 변경했다. 모두 술기운에 기분이 좋아져 있는 상태라 아쉬움을 느낄 새도 없이 눈꺼풀의 무게를 이기지 못하고 꿈속으로 빠져 들어갔다.

얼마만큼 시간이 흘렀을까? 눈을 떠보니 땅거미가 지면서 야경이 화려하게 빛나고 있다. 옌지에 도착한 것이다. 옌지시는 연변조선족자치주의 주도(州都)라고 하는데 인구가 54만 명이고 그중 57%가 조선족이라고 한다.

같은 민족이 많이 사는 도시라 그런지 친근한 기분이 들었다. 하지만 그들이 우리를 동포로 생각할지, 아니면 같은 말을 하는 외국인으로 생각할지 알 수 없었다. 다만 만났던 사람들은 친절했다. 한국에 왔다가 K와 친구가 됐던 H라는 교수는 좋은 고량주 1병을 식당으로 가져와 함께 마셔주었고, 다음 날 아침 호텔로 와서 차비에 보태라며 누런 봉투를 억지로 건네주는 등 친구의 '정'을 듬뿍 느끼게 해주었다.

옌지까지 차를 태워주며 여행에 동행해준 Q와 작별을 하고 공항에서 베이징행 비행기를 탔다. 자금성과 이화원 그리고 명십삼릉 등 명소들을 둘러보기 위함이다. 자연의 절경도 좋지만 중국 최고의 유적지를 본다는 것은 매우 의미 있는 일이다.

【 세상의 중심이었던 베이징 】

과거로의 여행, 비행기에서 내려 인파로 가득 차 있는 천안문 광장에 가보니 9시 뉴스에 단골로 나왔던 커다란 사진이 걸린 성문이 우리를 반긴다. 천안문 너머에 자금성이 있다고 한다. 자금성은 '자주색의 금지된 성(紫禁城)'이라는 뜻으로 명나라 제3대 황제인 영락제 때 건설되어 청나라의 궁전으로도 사용되었다고 한다.

┃ 구중궁궐 자금성

'자(紫)'는 별자리인 자미원(紫微垣)에서 유래했는데 중국 사람들은 북극성을 포함한 별자리인 자미원을 우주의 중심으로 여겼다. 황제를 '천자(天子)'라 칭했다는 점에서 자금성의 '자(紫)'는 황궁이 세상의 중심임을 나타내는 말이라 할 수 있다. 또한 자금성의 '금(禁)'은 금지한다는 뜻으로 누구도 허락 없이 출입할 수 없다는 의미가 담겨 있다고 한다.

자금성이 세상의 중심이라는 뜻이 맞는지 모든 인종과 민족들이 모여 있는 것처럼 복장이 다양하다. 중국의 다양한 소수민족들도 저마다의 전통복장을 하고 관광을 즐기고 있다. 그 옛날 세상의 중심 역할을 했던 제국의 황궁도 이처럼 많은 나라에서 온 사람들로 붐볐을까? 아

⚐ 내 마음의 샹그릴라를 찾아서

니면 금지된 곳이라 황족들과 허가된 사람들만 드나들었을까? 아마도 외부인이 쉽게 출입할 수 없고 내부인도 쉽게 밖으로 나갈 수 없는 구조였을 것이다. 그래서 한나라 영제 때에는 10명의 환관으로 구성된 십상시에 의해서 황제의 눈과 귀가 완전히 차단되어 결국에는 망국의 길로 가게 되고 위·촉·오의 삼국시대가 시작되었다. 문을 닫아걸고 홀로 고귀하게 사는 것이 반드시 좋은 일만은 아니라는 생각이 든다. 문을 열어 친구를 부르거나 만나러 나가야 하는 이유다.

황궁의 규모에 놀라움을 감추지 못하며 저마다의 용도에 따라 지어진 수많은 건축물을 일일이 살펴보다 보니 방향을 잃었다. 혹시 몰라 시계를 보니 다음 행선지로 이동할 시간이다. 갑자기 마음이 바빠졌다. 밖으로 나가는 길이 어디인지, 무엇보다 처음 차에서 내렸던 하차 지점이 어디인지 도무지 알 수가 없다. 자금성의 규모가 얼마나 큰지 가히 짐작하고도 남을 것 같다. 키의 몇 배가 되는 높이로 쌓아올린 담 때문에 몇 번을 물어물어 간신히 길을 찾아 다음 행선지 명십삼릉으로 향했다.

명십삼릉은 명나라 황제와 황후들의 무덤으로 그 규모가 대단하다. 내부는 무덤 속이라는 느낌이 안 들 정도로 넓었다. 당시 황제의 위엄이 어느 정도였는지 짐작이 간다. 하지만 아무리 위대한 사람도 죽은 후에는 무덤 속의 영화에 지나지 않는 것 같다. 거대한 무덤 안에는 관광객들이 던지고 간 노잣돈이 가을철 쓸어모은 낙엽처럼 수북이 쌓여 있다. 아직 불사르지 않았으므로 망인의 노잣돈으로도 쓸 수 없는 것이리라. 다만 먼지에 덮여 있는 쓰레기더미일 뿐이다.

여행 내내 돈을 아끼려고 먹을거리 앞에서 뒤돌아선 것이 한두 번이
아니었다. 이제 여행의 막바지에 이르니 그렇게 하지 못한 것이 아쉽기
만 하다. 주머니 속에는 쓰지 않은 돈이 아직 많은데 이 역시 쓰지 않으
면 쓰레기일 뿐이다. 밀려오는 후회를 삭이고 다음 행선지로 향할 수밖
에 없다.

이번에 도착한 곳은 용경협이다. 댐을 설치한 계곡이지만 협곡이 깊
고 폭이 좁아 봉우리가 돋보이는 것 같다. 산봉우리와 산봉우리 사이에
는 줄이 매달려 있고, 그 위에서 외발자전거를 타고 있는 곡예사들이
곡예를 하고 있다. 그들은 100m도 더 되어 보이는 까마득히 높은 곳에
서 줄을 타면서 관광객들에게 눈요깃거리를 제공하고 있다. 끝까지 봐

주는 관객은 아닐지라도 잠깐 스쳐 가는 손님을 위한 공연이 진지하다. 흔히 뜨내기손님은 적당히 해서 보내는 일이 허다한데 오랜 여행의 추억을 심어주고 있다.

❚ 용겹협 산봉우리를 이은 줄을 타는 곡예사들

쩡한 가슴을 안고 이화원으로 갔다. 이화원은 서태후의 여름 궁전이다. 해군 군자금이었던 은 2,400만 냥을 유용해 만들었다고 한다. 이곳에 인공호수인 곤명호가 있고, 궁전구역과 누각, 고목, 관상용 태호석, 아치형 다리, 종교적인 건축물이 조화롭게 조성되어 있다. 특히 서태후가 뱃놀이 갈 때 햇볕과 비를 피할 수 있도록 만들었다는 나루터까지 이어지는 기다란 회랑인 장랑에는 화려한 채색화가 728m에 걸쳐 이어져 있는데 중국 고전소설의 주인공들과 명장면들이 묘사되어 있다.

호수 북쪽에는 만수산이라는 60m 높이의 산이 있는데 호수를 팔 때 나온 흙으로 쌓았다고 하니 호수의 규모가 어느 정도인지를 짐작할 수 있게 한다. 또한 이때는 굴삭기 같은 중장비가 없던 시절이었으므로 사람의 손으로 공사가 이루어졌을 것이다.

장랑을 빠져나와 만수산으로 향했다. 길목에 배운전이라는 사찰이 있고 그 위로 불향각이라는 전각이 보인다. 배운전은 원래 불교의 사찰이었는데 서양의 침입으로 불타버렸던 것을 서태후가 생일을 축하받기 위한 궁궐로 지었다고 한다. 이곳에서는 서태후의 장수를 비는 연회가 주로 열렸다고 전해진다.

배운전을 지나 가파른 계단을 올라가면 불향각이 나온다. 41m 높이의 목탑으로 우한의 황학루를 본떠서 지었는데, 아편전쟁 때 불탔다가 서태후에 의해 3층으로 중건되었다. 불향각 1층에는 12개의 얼굴과 24개의 팔을 가진 나무대비관세음보살상이 있다.

불향각 관람을 마치고 만수산을 넘어가니 소주가라는 수로가 나온다. 이곳은 건륭제 때 건설되었으며 소주(쑤저우)의 경치를 모방하여 조성했다고 한다. 300m의 수로에 많은 건물이 줄지어 있는데 지금은 관광객을 위한 점포로 활용되고 있다. 사실 이화원은 금나라 때 조성되기 시작하여 원나라, 명나라를 거치면서 조금씩 개발되었으며 청나라 건륭제에 이르러 본격적인 모습을 갖추게 되었다. 건륭제가 좋아했던 풍경과 항주의 서호를 비롯하여 강남의 명승지를 모방해서 만들었다고 한다.

▌ 이화원 소주가

화려한 사치를 위해서는 막대한 자금이 소요되었고 그 결과 청나라는 서서히 쇠락의 길을 걸어갔다고 하니 지금 주머니가 두둑하다고 함부로 쓰면 나중에 빈털터리가 된다는 이치와 같다는 생각이 들었다.

씁쓸한 마음을 안고 이화원을 나와 왕푸징으로 갔다. 어둠이 깔린 왕푸징 거리는 포장마차가 점령하고 있다. 갖가지 진기한 식재료로 요리한 간식거리가 노점마다 수북이 쌓여 있는데 특이한 향이 코를 찌른다. 무슨 맛일까 궁금하여 꼬치 하나를 사서 먹어보았다. 혀가 감당할 수 없을 정도로 짠맛이 느껴진다. 꼬치 한 점을 목에 넘기지 못하고 쓰레기통에 넣었다. 보이는 모습과 현실은 반드시 일치하지는 않는다는 것을 실감하는 순간이다.

❚ 왕푸징 포장마차 거리

| 톈진 남시식품가

[톈진에서의 하루]

　베이징에서 하루를 보내고 톈진에서 살고 있는 H를 만나기 위해 고속철도인 동처를 탔다. 베이징에서 톈진까지는 30분 정도밖에 걸리지 않았다. 톈진역에는 H와 그의 신랑인 Z가 기다리고 있었다. 졸업 후 H는 대학에서 교편생활을 하고 있는데 같은 직장에서 좋은 사람을 만나 결혼까지 한 것이다.

　Z가 처음 H의 집에 인사를 갔을 때 그녀의 아버지는 불같이 화를 냈다. 어떻게 이런 형편없는 사람을 신랑감으로 데리고 왔느냐고 말이다. 그때 그는 펑펑 울면서 제발 사위로 받아달라고 빌었다고 한다. 사실 톈진에는 이런 풍습이 있다. 딸이 남자 친구를 데리고 오면 화를 많이 내야 잘 산다는 그런 이야기다. 아무튼 그 때문인지는 몰라도 참 잘 살고 있는 것 같다.

　H의 안내로 톈진의 유명한 '남시식품가'라고 하는 식품시장에 갔다.

이곳은 청나라 성(城)같은 구조의 건축물인데 안으로 들어가면 수많은 식품매장이 늘어서 있다. 특히, 톈진의 3대 간식 중 하나인 스빠제마화(十八街麻花)라는 과자는 바삭한 꽈배기인데 모든 사람들이 이 과자를 하나씩 들고 있을 정도로 인기가 많다. 어떤 가게는 문 앞에 대형 마화를 유리관에 넣어 세워놓았는데 아마도 이곳의 명물이 아닌가 싶다.

건물 2층에는 중국 각지의 요리를 파는 식당이 밀집해 있어 다양한 음식을 맛볼 수 있다. 이곳에서 점심으로 톈진의 명물인 고부리 만두를 먹기로 했다. 고부리 만두는 톈진의 유명한 음식으로 빛깔이 희고 밀가루가 연하며 한입만 먹어도 기름이 흘러나오는데, 느끼하지 않고 맛이 아주 담백하다. Z가 식당 밖 주류전문점에서 사 온 고량주와 함께 먹으니 맛이 더욱 좋다.

점심을 먹고 톈진의 고문화 거리에 갔다. 입구에 '진문고리(津門故里)' 라는 현판이 버티고 서 있다. 우리나라의 인사동 거리와 같이 여러 가지 민속품과 잡화를 파는 점포가 이어져 있으며, 오고 가는 인파가 물결을 이루고 있다.

사람들이 많으니 상가가 활력이 넘친다. 게다가 상점에서 흘러나오는 경쾌한 음악 소리는 구매욕을 자극하는 것 같다. 나도 자연스럽게 매장에 들어가 쓸만한 물건이 있나 둘러보았지만 주머니 사정이 문제였다. 싼 것은 마음에 안 들고 괜찮다고 생각되는 것은 가격이 비싸다. 어쩔 수 없이 발길을 돌려서 사진 찍기 좋은 배경을 찾았다. 이곳저곳 기웃거리며 사진을 찍는 일도 여행의 한 재미인 것 같다. 여기에 언제 또 와보겠냐며 많은 경치를 사진에 담고 숙소로 향했다. 그리고 숙소 인근에서 저녁 식사를 하는 것으로 톈진에서의 일정을 마무리했다.

▌진문고리

다음 날 아침 식사를 마치고 택시를 잡아 톈진역으로 갔다. 톈진의 아침은 스모그 안개로 매우 혼탁했다. 자전거를 타고 출근을 하는 어떤 아줌마 한 분은 모기장 같은 것을 머리에 뒤집어쓰고 가고 있다. 그만큼 공기가 나쁘다는 뜻일 것이다. 인간의 편리함이 가져다준 불편함일 것이다.

고속철을 타고 베이징역으로 그리고 공항으로 이동하여 귀국행 비행기에 몸을 실었다. 처음 나섰던 배낭여행에서 중국어가 미숙하여 몇 마디 말도 못하고 일정을 K에게 의지한 채 수동적으로 움직였지만 나름대로 수확도 있었다. 그것은 중국어를 열심히 공부해야겠다는 나와의 약속이었고, 다음번에는 비록 좌충우돌은 하겠지만 진정한 배낭여행을 하며 자유를 만끽하겠다는 다짐이었다.

제9편

새로운 도전, 이탈리아

그동안 중국 여행지를 선택할 때에는 베이징의 자금성이나 만리장성 등의 대표적인 역사유적지나 황산과 같은 유명한 절경을 그 기준으로 하였다. 그런데 10년이 넘는 기간 동안 이렇게 찾아다니다 보니 이제는 더 이상 갈 곳이 마땅치 않다. 그렇다면 이제 중국 여행을 멈춰야 하는 것일까? 여행 계획을 구상하다가 이번에는 중국을 벗어나 새로운 도전을 시도해보고 싶었다. 그래서 잠시 다른 풍경을 경험하고 돌아오기로 한 것이다.

물론 중국 배낭여행을 처음 시작했을 때처럼 언어는 초보적인 수준이다. 학창시절 배운 문법과 문제풀이 위주의 영어 공부가 전부이고, 외국인을 만나 영어로 대화해본 경험조차 없었다. 그러나 중국 배낭여행을 처음 나섰을 때보다는 상황이 좋은 편이다. 10년 동안 열심히 공부한 덕분에 몇십 년간 복습은 하지 않았지만 아직도 필수적인 단어는 기억이 난다. 주어와 동사로 조합된 1형식으로 만든 문장과 동사를 앞에 놓고 만든 의문문으로 현지인과 소통하며 여행을 하겠다는 도전, 벌써 가슴이 뛰기 시작한다.

여행지는 유럽에 있는 역사문화의 중심지 이탈리아(중국어 意大利)로 정하고, 8박 9일의 일정으로 암스테르담을 경유하는 로마 왕복 항공권을 구입했다. 이탈리아어는 전혀 할 줄 모르지만 학창시절 배웠던 영단어의 기억만 믿고 여행 계획을 세운 것이다. 어차피 이탈리아 사람들도 영어를 잘 모를 것이기에 현란한 영어 구사의 필요성은 없을 것이다. 다만 몸짓과 손짓을 더해 서로의 이야기를 알아들으면 그만이다. 그래도 약간의 복습은 필요하여 중학교 수준의 회화책을 사서 십여 페이지 넘겨보는 것으로 공부를 마무리하였다. 그리고 비행기 출발일이 되었다.

[새로운 여행, 로마]

11월 26일 승용차를 타고 인천공항으로 향했다. 비행기 출발 시간은 27일 0시 55분, 경유지인 암스테르담에 현지시간 4시 30분에 도착하여 비행기를 갈아타고 6시 50분에 출발, 로마공항에 9시 10분에 도착할 것이다. 로마에 단번에 가는 비행기도 있었지만 문제는 항공료다. 조금이라도 싼 항공권을 구입하려고 환승으로 시간을 낭비하는 것쯤은 기꺼이 받아들이기로 했다.

기내에서의 지루한 시간을 빨리 보내기 위해서 식사 시간마다 포도주를 청해서 마시고 억지로 잠을 청했다. 그러나 매번 경험하였지만 잠이 제대로 올 리가 없다. 눈을 감고 시간이 빨리 가주기를 바랄 뿐이다.

군대에서 보초를 설 때 시간이 정지해 있는 듯한 느낌을 받았는데 기내에서의 시간도 마찬가지이다.

국방부의 시계가 거꾸로 걸려 있어도 시간은 가게 되어 있다는 말이 새삼 떠오른다. 어느새 암스테르담에 도착한 것이다. 네덜란드는 EU 회원국이므로 간단한 입국심사를 받고 통과하여 잠시 대기한 뒤에 국내선을 이용하듯 로마행 비행기에 올랐다. 그리고 종착지인 로마의 레오나르도다빈치공항에 도착했다.

숙소는 로마의 중심역인 테르미니역 근처의 호텔을 예약했다. 초행이므로 찾기 쉬워야 하고, 로마 여행은 지하철을 이용하여 다니기로 했기 때문에 중심역 부근에 숙소를 정해야 편리하겠다는 생각에서였다. 공항을 빠져 나와서 공항열차인 익스프레스를 타기 위해 트레인이라고 쓰여 있는 이정표를 따라 걷다 보니 기차 티켓이라고 써놓은 매점 간판이 눈에 들어왔다.

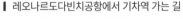
▌ 레오나르도다빈치공항에서 기차역 가는 길

♣ 내 마음의 샹그릴라를 찾아서

반가운 마음에 가까운 매점에 가서 테르미니역까지 가는 티켓 4매를 달라고 하였다. 그런데 매점 주인은 티켓을 주문한 대로 주지 않고 숙소가 어디냐고 묻는다. 내가 미리 출력해온 호텔의 지도를 보여주자 그는 계산기로 공항철도 운임인 14유로씩 4명의 합계인 56유로를 보여주며 영어로 긴 설명을 하는데 자세히 알아들을 수가 없다. 다만 56유로를 내라는 것은 맞는 것 같다. 그래서 오케이를 하고 돈을 지불하니 영수증을 준다. 뭔가 잘되어가는 느낌이 들었다.

주인이 어딘가로 따라오라고 하여 무작정 안내하는 곳으로 따라가니 한 남자가 우리의 배낭을 빼앗아 11인승 승합차에 싣는다. 그리고 우리에게 타라고 손짓한다. 영문도 모른 채 모두 차를 탔는데 가만히 생각해보니 우리를 직접 호텔까지 태워다줄 모양이다. 호랑이굴에 잡혀가도 정신만 차리면 된다고 했던가? 스마트폰 내비게이션을 작동시키고 목적지를 입력하니 다행히 제대로 가고 있다. 천만다행이다.

서투른 영어 실력 덕분에 힘들이지 않고 호텔 앞까지 오는 행운을 얻었다. 한국의 여행사를 통해서 호텔 예약을 하고 결제까지 했는데 체크인을 하려고 하니 세금을 내라고 한다. 배낭여행 준비를 하면서 이탈리아 상황을 미리 알아보았기 때문에 달라는 대로 추가 결제를 하니 가방을 방까지 배달해준다. 가방을 가져다주면 약간의 팁을 주는 것이 국제 매너라고 했던가?

호텔에 짐을 놓고 우선 점심 식사를 하기로 했다. 이탈리아에 오면 제일 먼저 먹어봐야 할 음식, 그것은 다름 아닌 피자이다. 이탈리아에서 가장 대중적인 음식이 피자인 듯 테르미니역 앞에 있는 식당은 대부분 피자를 파는 식당인 것 같았다. 우리는 정통 피자를 먹기 위해 식당 안으로 들어가 주문을 했다.

조금 기다리자 따끈따끈한 이탈리아 정통 피자가 나왔다. 빨리 먹기가 아까워 조금 떼어서 입에 넣어보는데 혀끝을 타고 전해지는 상상외의 맛. 그것은 다름 아닌 강한 짠맛이었다. 피자를 먹으면서 물을 얼마나 들이켰는지 모른다. 이탈리아 사람들은 대체로 음식을 짜게 먹는 것 같다. 아니면 우리가 너무 싱겁게 먹고 있거나 둘 중 하나일 것이다.

음식이 짜다는 기준은 무엇일까? 물 100ml에 들어 있는 소금의 양은 아닐 것이다. 평소에 먹어왔던 양, 혀끝을 타고 뇌에 전해지는 느낌, 이런 것들도 기준이 되지는 못할 것이다. 아마도 습관이 아닐까 싶다. 짭짜름한 맛이 좋았던 시절의 기억을 더듬어보면 싱겁게 먹어야 건강하다는 박사님들의 권유로 조금씩 소금을 덜 넣게 되었고, 그래서 지금에 이르러서는 모두가 싱거운 음식에 익숙해진 것인지도 모른다. 세상의 이치도 이와 같다는 생각이다. 같이하는 시간이 길면 길수록 습관처럼 닮아가듯이⋯⋯.

[장엄한 콜로세움]

점심을 먹고 테르미니역에서 지하철을 탔다. 로마 지하철 노선은 주로 관광지를 중심으로 나 있는 듯하다. 로마에서 제일 먼저 가보고 싶었던 콜로세움을 첫 행선지로 정했다.

｜로마 원형경기장 콜로세움

　사전에 지도를 보고 여행 코스를 정했는데 콜로세움부터 트레비 분수까지 관광지가 계속 이어져 있으므로 도보로 이동하기로 했다.

　역에서 내려 밖으로 나와 보니 가까운 거리에 고대 로마의 원형경기장이 웅장한 모습으로 서 있고 많은 사람들이 매표소 앞에 운집해 있다.

　콜로세움은 70년 베스파시아누스 황제 때 착공하여 80년 그의 아들 티투스 황제 때 완공된 원형경기장으로 긴 쪽은 직경 188m, 짧은 쪽은 156m, 둘레는 527m의 타원형이며 외벽의 높이는 48m로 5만 명을 수용할 수 있는 큰 규모의 경기장이다.

　이곳에서 검투사들의 경기, 맹수시합, 연극, 서커스 등이 공연되었으며, 크리스트교 신도들을 학살하는 장소로도 이용되었다고 한다. 콜로세움에서 시합을 벌이는 선수들에게는 생과 사를 넘나드는 지옥이었겠지만 고대 로마 시민들에게는 오락의 장이었을 것이다.

최후의 승자가 패자를 어떻게 할지 황제와 관중들에게 묻는 영화의 한 장면이 떠올랐다. 황제나 관객들이 엄지손가락을 치켜세우면 살리고 반대로 땅으로 향하게 하면 죽이는 생과 삶의 갈림길이 대중의 기분에 따라 좌우되었던 경기장의 모습을 상상하니 아찔하기만 하다.

로마의 시민으로 산다는 것은 크나큰 행운일 것이다. 그러나 반대로 노예로 산다는 것은 희망 없이 그날그날 목숨을 연명하는 것과 별반 다를 것이 없었으리라. 누군가에게 구속받지 않고 살 수 있다는 것이 얼마나 다행한 일인지, 검을 들고 결투를 벌이기 위해 상대를 응시하고 있는 검투사가 내가 아니라는 것이 또 얼마나 행운인지, 자유의 소중함이 새삼 느껴지는 순간이다.

사진을 찍고 창을 통해 밖을 바라보니 콘스탄티누스 개선문이 웅장한 모습으로 서 있다. 이 건축물은 높이 21m, 너비 25.7m, 두께 7.4m

의 규모로 콘스탄티누스 황제가 밀비우스 다리의 전투에서 승리한 후 이를 기념하기 위해서 세웠다. 전투 전날 밤 그의 꿈속에서 P와 X를 겹쳐놓은 라바룸 문양이 나타났는데, 이 표시로 이긴다는 계시의 목소리를 들었다고 한다. 잠을 깬 콘스탄티누스는 병사들의 방패에 이 문양을 새기라고 명령하였고 결국 그날 전투에서 승리했다는 것이다. P와 X는 크리스트를 뜻하는 고대 그리스어 단어 $XPI \Sigma TO \Sigma$ 중 앞 두 문자에 해당한다.

이러한 전설 같은 이야기가 동기가 되어 콘스탄티누스는 종교 박해를 끝내고 밀라노 칙령을 반포하여 크리스트교를 공인하였고, 크리스트교는 훗날 로마의 국교가 된다. 그리고 로마에서 세계 각지로 다시 전파되어 나갔다.

모든 길은 로마로 통한다는 말을 떠올리며 밖으로 나와 뒤돌아보니 상아처럼 서 있는 하얀 빛의 콜로세움이 아름답다. 내부를 보지 못한 사람들은 누구라도 아무런 선입견 없이 보이는 그대로의 아름다움을 칭송했을 것이다. 고대 로마의 건축기술이 경이롭다.

【 로마의 공회장, 포로 로마노 】

콜로세움을 뒤로하고 콘스탄티누스 개선문을 지나면 포로 로마노 입구가 나온다. 그리고 입구로 들어가 언덕길을 조금 걸어가면 팔라티노 언덕이 나오는데 이곳에서 로마가 시작되었다고 한다.

그리스가 목마를 사용해 트로이를 무너트릴 때 탈출한 트로이의 장수 아이네아스는 다르다니아의 왕 안키세스와 아프로디테 여신 사이에서 태어난 아들로, 트로이의 마지막 왕 프리아모스의 딸 크레우사와 결혼하여 아들 아스카니오스를 낳았고, 라티움의 왕 라티누스의 딸 라비니아와 결혼하여 아들 실비우스를 낳았다.

아스카니우스는 트로이 유민들을 이끌고 이탈리아에 정착하여 알바롱가 왕국을 세웠는데 나중에 후사가 없어 이복형제 실비우스에게 왕위를 물려주었고, 실비우스의 후손들이 왕위를 이어가게 되었다.

세월이 흘러 알바롱가 왕국의 13대 왕인 프로카스의 장자 누미토르가 다음 왕위에 올랐는데 동생 아물리우스는 형을 몰아내고 왕위를 빼앗아버렸다. 그리고 후환을 없애기 위해 형의 아들을 모두 죽이고 딸 레아 실비아는 베스타 여신을 모시는 사제로 만들었다. 사제는 결혼을 하지 못하므로 형의 후손들에 의해 복수 당할 일은 없을 것이기 때문이었다.

하지만 레아 실비아는 제단에 올릴 물을 길으러 갔다가 농업과 전쟁의 신 마르스를 만나 사랑을 하게 되었고, 쌍둥이 아들을 낳게 되었다. 그런데 이 사실을 알게 된 왕은 두 아이를 티베리스 강에 버리도록 하여 시종이 광주리에 넣어 강물에 띄워 보냈는데, 아이들을 발견한 늑대가 젖을 먹여 돌보았다는 것이다.

그 쌍둥이 형제가 장성하여 출생의 비밀을 알게 되고, 결국 아물리우스왕을 죽여 복수하게 된다. 그리고 할아버지 누미토르를 다시 왕위에 앉히고 자신들은 새로운 나라를 건설하기 위해 길을 떠나 팔라티노 언

🪧 내 마음의 샹그릴라를 찾아서

덕에서 로마를 세웠다고 전해지고 있다. 이러한 건국신화는 기원전 9세기경 그리스 시인 호메로스가 쓴 대서사시 일리아스와 오디세이아를 기반으로 하고 있다.

팔라티노 언덕에 오르면 로마인의 광장이란 뜻의 포로 로마노가 내려다보인다. 이곳은 로마제국의 궁전과 사원, 목욕탕 등의 유적지가 있는 지역이다. 원래는 습지였는데 하수도를 설치하고 간척사업을 하여 활용하였다고 하며 시장이 형성되면서 로마 정치의 중심지로 자리 잡게 되었다고 한다.

언덕에서 내려다본 포로 로마노는 고대 로마의 중심지답게 규모가 상당히 크다. 그리고 오랜 세월 풍파와 파괴 활동이 있었지만 신전을 비롯하여 아직도 많은 유적지들이 남아 있어 여행자의 발걸음을 붙잡고 있다.

❙ 팔라티노 언덕에서 내려다본 포로 로마노

콜로세움에서 유적지를 따라 내려가면 티투스 황제 개선문, 막센티우스 바실리카, 베스타 신전, 원로원, 셉티미우스 세베루스 황제 개선문 등이 이어져 있어 당시 로마의 막강한 국력을 실감할 수 있다. 그러나 이처럼 화려했던 도시도 콘스탄티누스 황제가 수도를 비잔티움(터키 이스탄불의 옛 이름)으로 옮긴 뒤에는 쇠퇴의 길을 걸었다고 한다.

【 비토리오 에마누엘레 2세 기념관 】

포로 로마노의 출구를 통해 밖으로 나오면 멀지 않은 곳에 베네치아 광장이 나온다. 광장에는 웅장한 크기의 기마상이 있는데 말을 타고 있는 사람은 바로 이탈리아를 통일한 비토리오 에마누엘레 2세이다. 그 아래에는 무명용사의 기념비와 꺼지지 않는 불꽃이 있으며 두 명의 병사가 이를 지키고 있다.

비토리오 에마누엘레 2세는 1849년 아버지의 뒤를 이어 사르데냐 국왕이 된 후 근대화를 추진하였고, 이를 기반으로 영국, 프랑스 등과 외교관계를 수립하고 크림전쟁에 참전하여 국제적 지위를 향상시켰다. 또한 오스트리아와의 전쟁에서 승리함으로써 이탈리아 북부의 롬바르디아를 차지했으며, 남이탈리아와 로마를 병합하여 이탈리아의 통일을 완성한 이탈리아 초대 왕이다.

기마상 위쪽에는 기념관이 있는데 거대한 규모로 보아 이탈리아의 위인 중에서 그가 차지하는 비중이 얼마나 큰지 가히 짐작하고도 남는다. 아마도 통일을 이루어낸 위인이 왕이기 때문에 더 위대하게 표현한 것은 아닌가 싶기도 하고, 그의 아들과 손자가 건립해서 그런가 싶기도 하다. 기념관 안에는 무명용사들의 묘와 통일운동에 관한 자료가 소장되어 있다.

▮ 비토리오 에마누엘레 2세 기념관

기념관 관람을 마치고 뒤쪽으로 가서 기웃거려보니 옥상으로 올라가는 엘리베이터가 있다. 입장료를 내고 옥상으로 올라가면 로마 시내가 다 보인다. 무엇보다 포로 로마노를 한눈에 내려다볼 수 있는데 거대한 규모의 유적지를 거쳐서 이곳까지 왔다는 것이 참 신기하다는 느낌이 든다. 옥상에는 4마리의 말이 끌고 있는 전차를 탄 빅토리아 여신상 2개가 건물 양쪽에 나란히 서서 로마 시내를 내려다보고 있다.

콜로세움을 지나 팔라티노 언덕에서 시작된 이탈리아의 역사 이야기
는 이곳 비토리아 에마누엘레 2세 기념관 옥상에서 대단원의 막을 내
린다. 이제는 현대와 과거가 공존하는 아름다운 로마의 거리를 걸어볼
것이다.

[트레비 분수와 동전 던지기]

기념관을 나와 트레비 분수로 향했다. 미리 비토리아 에마누엘레 2
세 기념관 앞의 베네치아 광장에서 트레비 분수까지의 지도를 출력해
왔지만 휴대폰의 내비게이션을 활용하니 길을 헤맬 필요도 없이 금방
목적지에 도착할 수 있었다. 다만 가끔씩 전파가 잘 안 잡혀 엉뚱한 곳
으로 안내하는 바람에 집에서 가져온 지도를 보고 방향을 잡아야 했다.

언젠가 '로마의 휴일'이라는 영화를 본 적이 있다. 오드리 헵번과 그
레고리 펙 주연의 미국 영화로, 공주와 기자라는 서로 다른 신분을 가
진 두 남녀 주인공들이 로마의 주요 관광지를 다니며 구경하는 장면이
나온다. 이는 미국 기자가 특종을 만들고자 공주를 이용한 것인데 차츰
공주의 순수함을 알게 되면서 양심의 가책을 느끼게 되고 결국 사랑에
빠지지만 어쩔 수 없는 현실 때문에 추억만 간직하게 된다는 청순 이야
기이다. 무명이었던 오드리 헵번은 이 영화가 대히트함으로써 단번에
대스타가 되었고 그들이 다녔던 명소와 행위들도 크게 유행되었다고
한다.

▎트레비 분수

많은 관광객들이 영화의 주인공처럼 연못을 등지고 동전을 던지고 있다. 이렇게 하면 로마에 다시 돌아오게 된다고 한다. 연못에는 이미 수많은 동전이 가라앉아 있다. 나도 로마에 다시 오고 싶어 호주머니에 손을 넣고 뒤적거려보는데 동전이 잡히지 않는다. 간신히 돈을 모아 로마에 온 가난한 여행자에게 정녕 다음번 기회는 없는 것일까? 아마도 동전이 있다 하더라도 쉽게 던지지는 못했을 것이다. 왜냐하면 영화의 장면을 흉내 내는 것은 찰나의 순간이지만 아깝다는 생각은 긴 시간 동안 떠나가지 않을 것이기 때문이다.

아쉬움을 뒤로하고 스페인 광장 쪽으로 가는데 아이스크림 가게가 눈에 들어온다. 서로 상의할 필요도 없이 젤라토 아이스크림 4개를 구입해서 나누어 먹었다. 마침내 우리도 영화의 주인공이 되어 아이스크림을 먹으며 걸었다. 시원하고 달콤한 아이스크림이 혀에서 녹아 입안에 강한 여운을 남기며 목으로 넘어간다.

길가에 가방 가게가 종종 눈에 띈다. 이탈리아는 가죽공예가 워낙 유명하여 일행들이 가방을 사고 싶다고 기웃거린다. 가격을 보니 정통 이탈리아제 가방인데도 그리 비싸지 않은 것 같다. 아마도 유명 상표가 부착되어 있지 않아서 그럴 것이다. 친구가 가방을 하나 구입하고는 매우 행복해한다. 나도 하나 살까 망설이다가 주머니 사정을 생각해서 그냥 발길을 돌렸다.

멀리 스페인 광장이 보인다. 과거 이곳에 스페인 대사관이 있었다고 하는데 스페인 광장이라는 명칭도 여기에서 유래했다고 한다. '로마의 휴일'에서 오드리 헵번이 이곳의 계단에서 아이스크림을 먹은 이후 유명해졌고 많은 관광객들이 몰려온다고 한다. 아뿔싸! 아이스크림을 이곳에서 먹었어야 했는데 잘 알아보지도 않고 트레비 분수 근처에서 먹은 것이 후회스럽기만 하다.

멋진 곳에 오면 그곳에서 오래오래 시간을 보내고 싶지만 한정된 기간 내에 여행을 마쳐야 하기 때문에 발걸음을 오래 멈출 수 없다. 인생의 시간들이 나이라는 숫자만 남기고 흩어져 가듯이 여행의 시간도 마찬가지다. 다만 다음 행선지가 더 멋진 곳이라 믿으며 최대한 빨리 그곳에 도착하는 것으로 여행의 즐거움을 계속 이어갈 수 있으리라.

스페인 광장을 뒤로하고 포폴로 광장으로 향해 걸었다. 이 광장은 로마에서 제일 유명한 광장으로 많은 집회가 개최되었고 예전에는 이곳에서 공개처형이 행해지기도 했다. 광장 가운데에는 커다란 돌기둥이 있는데 이를 오벨리스크라고 부른다. 아우구스투스 황제가 이집트에서 가지고 왔다고 한다. 광장 주변에 중세시대에 건립된 산타 마리아 델 포폴로 성당 등 건축물이 많이 있다. 이곳에 오니 내가 중세 로마의 한복판에 서 있다는 착각이 들 정도다.

포폴로 광장에서의 마지막 일정을 끝내고 광장 옆에 있는 플라미니오(Flaminio)역에서 지하철을 타고 테르미니역으로 향했다. 이제 로마에서의 하루 일과를 끝내고 내일을 준비해야 한다. 저녁 식사로 이곳에서 유명하다는 티본스테이크를 먹고 호텔로 돌아갈 것이다.

우선 식당가를 찾았다. 그런데 어디가 요리를 잘하는 맛집인지 알 길이 없다. 그래서 규모가 크고 깔끔한 집을 찾아가기로 했는데 마침 길가에 그런 식당이 보인다. 일단 들어가고 볼 일이다.

메뉴판을 볼 것도 없이 포도주와 함께 티본스테이크를 주문했는데 웨이터가 잔과 포도주부터 가져온다. 그리고 포도주를 따서 잔에 조금 따라 나에게 준다. 맛을 보라는 것이다. 나는 책에서 배운 대로 우선 빛깔을 보는 척하다가 흔들어 향을 맡았다. 그리고 한 모금 입에 넣고 음미하다가 목으로 넘기며 "베리 굿"이라고 하였더니 웨이터가 일행들에게 한 잔씩 따라준다. 사실 소주와 맥주에 익숙한 나는 어떤 맛이 좋은 맛인지 잘 모르지만 좋은 포도주임이 틀림없을 것이다.

포도주를 몇 모금씩 마셔서 기분이 좋아질 무렵 스테이크가 나왔다. 그런데 기대와 달리 좀 짜고 질겼다. 싱겁고 연한 육질을 좋아하는 내게는 기대 이하다. 음식이 짜서 포도주를 몇 병 더 주문했다. 붉은빛의 술이 우리의 마음을 너그럽게 해준다. 식사를 마치고 호텔로 돌아가는 내내 오늘 하루가 꿈같다는 생각이 들었다.

【 바티칸 박물관과 명작들 】

아침 6시에 모닝콜이 울렸다. 로마에서의 하루가 시작된 것이다. 너무 일찍 일어난 감이 있지만 만나야 할 사람이 있다. 그를 7시 30분에 테르미니역에서 만나 함께 지하철을 타고 바티칸 박물관에 갈 것이다. 왜냐하면 유물을 해설해줄 가이드 없이 박물관에 간다는 것은 아무 의미 없는 일이기 때문이다. 그래서 H여행사의 반일투어 상품을 신청했었다.

역 구내의 만남의 장소에는 우리 말고도 많은 사람들이 와 있었다. 20명은 족히 넘어 보인다. 이윽고 기다리던 가이드가 도착했고 약간의 주의사항을 들은 뒤에 역 지하로 내려가 지하철을 타고 바티칸에서 내렸다.

전날 로마에 도착한 사람들은 모두 이곳에 모여 있는 것 같다. 관람객들이 너무 많아 가이드가 설명하는 소리를 들을 수가 없다. 그래서인지 박물관에는 특별한 규칙이 있다. 그것은 다름 아닌 모두가 소형 라디오를 틀어놓고 이어폰을 껴야 하는 것이다. 이렇게 하면 가이드가 조용히 설명하는 소리를 크게 들을 수 있다.

| 바티칸 박물관 입구

　박물관의 문이 열리자마자 입장했는데 그 규모가 어마어마해서 가이드 없이는 쉽게 돌아볼 수 없을 것이라는 생각이 들었다. 나선형 계단을 올라가 입장했는데 박물관은 고대 박물관과 미술관, 고레고리안 세속 박물관과 피오 기독교 박물관으로 나누어져 있다. 세계사 교과서나 미술 교과서에서 본 그림은 모두 이곳에 있는 듯하다. 박물관이라고 하기보다는 미술관이라는 표현이 맞을 것이다.

　미술관에는 전시물이 너무 많아 다 헤아릴 수조차 없다. 가이드가 작품을 일일이 설명해주는데 라파엘로와 레오나르도 다 빈치, 미켈란젤로 등 유명한 미술가들의 작품에 대해서는 더 자세한 설명이 이어진다. 다시 학창시절로 돌아가 미술 수업을 받고 있는 것 같다.

　열심히 설명을 들으며 방에서 방으로 이동하는데 대리석으로 조각된 라오콘 군상이 발길을 붙잡는다. 이 작품은 1세기경에 만들어진 고대 그리스 조각품이다. 트로이 신관 라오콘과 그의 두 아들이 포세이돈의 저주로 바다뱀의 공격을 받는 장면이 묘사되어 있다. 라오콘의 일그러진 얼굴은 인간의 고통을 상징한다고 한다.

❙ 라오콘 군상

대부분의 미술작품들은 그리스로마신화나 성서의 이야기들을 표현하고 있다. 특히 시스티나 성당의 천장에는 미켈란젤로가 교황 율리우스 2세의 위촉을 받아 4년 반에 걸쳐 그린 천지창조가 있다. 이 그림의 가운데 부분은 빛의 창조, 우주의 창조, 땅과 물의 분리, 아담의 창조, 이브의 창조, 원죄와 낙원으로부터의 추방, 노아의 제물, 대홍수, 취한 노아 등 창세기를 표현한 내용으로 되어 있는데 많은 사람들이 고개가 아픈 줄도 모르고 설명을 끝까지 들으며 보고 있다. 작품성과 세밀한 묘사는 신앙의 신비를 느끼기에 충분하다.

미켈란젤로는 천장화를 완성한 지 22년 만에 또다시 교황 클레멘스 7세의 부름을 받아 거대한 벽화를 그리게 된다. 이것이 바로 최후의 심판이란 작품이다. 이 그림의 중앙 위쪽 부분에는 많은 사람들이 심판자 예수를 중심으로 운집해 있고, 아래쪽 부분에는 죄인들이 지옥으로 향하는 배를 타고 있으며, 죄인들 위에는 천사들이 나팔을 불며 심판 날을 알리고 있다. 그리고 예수 아래쪽 왼편에 살가죽을 벗기는 형을 받고 순교한 바르톨로메오 성자가 자신의 살가죽을 들고 앉아 있는데 그 껍질 얼굴이 미켈란젤로 자신이라고 한다.

시스티나 성당에서 명작들에 압도되어 있다가 밖으로 나오니 라파엘로의 방이 기다리고 있다. 라파엘로는 교황 율리우스 2세의 위임을 받아 벽화를 그렸다고 한다. 이 방에는 보르고의 화재, 신학과 철학, 시, 정의 등을 그린 서명의 방, 신앙의 승리를 의미하는 엘리오도로의 방, 그리고 라파엘로 사후에 그의 제자들이 그렸다는 콘스탄티누스 대제의 방이 사실감 있게 묘사되어 있다. 다만 아쉬운 것이 있다면 사진을 찍지 못한다는 점이다.

[성 베드로 대성당과 피에타]

너무 많은 명작들과 그에 얽힌 이야기들을 머리에 다 담을 수 없어 감탄이라는 두 글자만 가슴에 담고 밖으로 나왔다. 밖에는 성 베드로 대성당이 세계 가톨릭의 중심 성당답게 웅장하게 서 있다.

커다란 돔은 미켈란젤로의 설계로 1593년에 완공되었으며 실내에는 많은 명작들로 가득하다.

바티칸 박물관의 해설을 맡았던 가이드는 자신이 이곳에서 가이드를 하게 된 계기가 로마에 여행 왔을 때 성 베드로 대성당에 있는 미켈란 젤로가 조각한 피에타를 보고 그 아름다움에 반해서라고 하였다. 그래 서 나도 먼저 피에타를 찾았다.

피에타는 죽은 예수 그리스도를 무릎 위에 안고 비통해하는 성모 마 리아의 조각상으로 주로 여자 수도원에서 성금요일을 기념하기 위해 만들어졌다고 한다. 이곳에 있는 피에타는 프랑스 추기경의 장례를 위 해 미켈란젤로에게 의뢰하여 제작된 것으로 교황에 의해 현 위치로 옮 겨졌다.

이 작품이 걸작으로 이름난 것은 작품의 주제가 예수 그리스도의 죽 음에 대한 애도보다는 부활에 대한 암시나 희망을 표현했다는 점에 있다. 굳어 있는 시체가 아닌 살아 있는 것처럼 유연한 몸과 마리아의 옷자락을 손가락 사이로 살짝 잡은 듯한 모습, 잠을 자고 있는 듯한 편안한 모습 등은 죽지 않았음을 묘사하고 있는 것이라 한다. 그리고 성모 마리아의 젊고 아름다운 얼굴은 비통하기보다는 평화로운 느낌과 생각에 잠겨 있는 모습으로 묘사되어 있으며 3일 후에 부활하리라는 것을 암시하고 있다는 것이다.

　미켈란젤로가 이 조각상을 세상에 내어놓았을 때 많은 사람들이 감탄했다고 한다. 그러던 어느 날 그는 사람들이 자신의 작품에 대해서 어떻게 평을 하는지 궁금해서 몰래 엿들었는데 사람들이 다른 작가가 만들었을 거라고 얘기하는 것이었다. 그래서 그는 성모 마리아의 가슴을 가로지르는 어깨띠에 미켈란젤로가 만들었다는 글씨를 새겨넣게 된다. 하지만 곧 자신의 행위를 부끄럽게 생각하게 되고 이후에는 작품에 서명을 남기지 않았다.

▮ 미켈란젤로의 피에타

피에타의 성모님을 향해 머리 숙여 절을 하고 대성당을 나왔다. 밖에는 베르니니가 설계하여 1666년 완성된 성 베드로 광장이 시원하게 펼쳐져 있다. 광장에서 성 베드로 대성당까지 284개의 기둥이 받치고 있는 콜로네이드(회랑)가 이어져 있으며 기둥 위에는 140개의 가톨릭 성인 조각이 새겨져 있다. 콜로네이드를 위에서 보면 열쇠 구멍 형태로 되어 있는데 베드로에게 천국의 열쇠를 준다는 성서의 말씀을 표현한 것이다.

❚ 성 베드로 대성당과 콜로네이드 그리고 오벨리스크

광장의 중앙에는 오벨리스크가 서 있다. 사실 성 베드로 대성당이 있던 자리는 로마 네로 황제의 전용 경기장이 있던 곳이며 이 오벨리스크도 경기장에 세워진 기념물이다. 이 경기장에서 성 베드로가 순교하였고 이를 기념하여 콘스탄티누스가 경기장을 철거하고 대성당을 지었는데, 오벨리스크는 철거하지 않고 그대로 두었다. 훗날 옛 성 베드로 성당은 관리 소홀과 노후화로 보수가 어려워 1505년 새 성당을 짓기로 결정하였고 120년 동안 수많은 교황과 건축가들이 대역사를 이어간 끝에 완공하였다고 한다. 당대에 업적을 쌓아야 하고 경우에 따라서는 전대에 이루어진 일들은 무시되기도 하는 우리의 현실과 너무도 대비되는 일이 아닐 수 없다.

[거룩한 천사의 성]

성 베드로 광장을 끝으로 바티칸 여행은 마무리되었다. 이제 점심 식사를 해야 한다. 그래서 무작정 걸어보지만 식당은 보이지 않는다. 한 골목길로 들어가 보는데 아무리 걸어도 상가는 없고 어디가 어디인지 알 수가 없다. 그래서 스마트폰의 지도를 검색하여 방향을 잡아 걸어가는데 중국 음식점이 나온다. 중국집은 내가 전문이라 일단 들어갔다. 익숙한 음식 메뉴들, 특별히 짜지 않게 해달라고 부탁했으나 여기 음식도 짜긴 마찬가지다. 배가 고파 대충 먹고 나와 보니 멀리 거룩한 천사의 성이 보인다.

이 성은 하드리아누스 황제의 영묘로 쓰기 위해 139년에 건축되었는데 나중에는 교황의 성채로 활용되기도 하였다. 또한 6세기경 로마에 흑사병이 유행하였을 때 교황 그레고리우스 1세가 로마를 구원하기 위한 기도행렬을 하던 중 영묘에서 미카엘 천사가 칼집에 칼을 꽂는 환영을 보게 되었고 흑사병도 사라졌다고 한다. 이러한 이유로 성 위에 미카엘 천사의 조각상을 설치하면서 성의 이름도 '거룩한 천사의 성'으로 바뀌게 되었다.

거룩한 천사의 성에서 로마 시내로 통하는 다리의 교각 위 그리고 성 위에는 천사의 조각상이 세워져 있는데 그때의 기적을 말해주고 있는 듯하다.

다리를 건너가니 10분 거리에 나보나 광장이 있고, 또 5분 거리에 판테온이 있다. 나보나 광장은 원래 황제의 전차 경기장 트랙이었다고 한다. 남북으로 기다랗게 조성된 광장에 유명한 4대강의 분수와 오벨리스크, 그리고 15, 16세기에 세워진 많은 성당들이 중세 로마에 와 있다는 착각이 들게 해준다.

▌ 거룩한 천사의 성

판테온은 기원전 27년에 세워진 로마 신전으로, 판테온이란 이름은 그리스어로 모든 신이란 뜻이다. 크리스트교가 로마의 국교가 된 이후에는 성당으로 바뀌었다고 한다. 로마는 그야말로 시내 전체가 박물관 같다. 보이는 건물마다 현대적 시멘트 자재는 찾아보기가 힘들다. 이렇듯 수많은 명소들을 다 보려면 한 달쯤은 로마에 살아야 할 것 같다. 다시 트레비 분수로 가서 연못에 동전을 던져야겠다.

제**10**편

이탈리아
북부에 가다

제10편

이탈리아 북부에 가다

로마에서 2일간의 여행을 끝내고 이탈리아 북부로 가기로 했다. 로마 시내에서는 교통이 발달해 있어서 대중교통을 이용했으나 장거리 이동 시 대중교통은 버스나 기차를 기다리는 시간, 그리고 배낭을 메고 다녀야 한다는 단점이 있어서 렌터카를 이용하기로 했다. 렌터카는 인터넷으로 H여행사를 통해 예약을 하였고 테르미니역에서 차량을 인수하기로 했다. 국제면허증은 경찰서 민원실에서 간단히 발급받을 수 있었다.

세 번째 날은 갑자기 소나기가 내렸다. 우산을 펼쳐 들고 역 구내로 들어가니 많은 렌터카 회사의 사무실이 있다. 그중에서 우리가 예약한 업체의 사무실을 찾아가 예약확인서와 여권을 제시하고 서류를 받았다. 차량은 인근의 유료 주차타워에서 서류를 제시하고 인수받아야 했는데 차량 관리인으로부터 차량 구석구석에 있는 흠집과 휘발유의 양 등을 설명 듣고 체크리스트에 서명했다. 그리고 내비게이션과 와이파이도 옵션으로 받았다.

【 비정상, 피사의 사탑 】

처음 외국에서 차량을 운전하는 관계로 무척이나 긴장이 된다. 무엇보다 어려운 점은 지리를 아예 모른다는 것이다. 그래서 내비게이션에 의지해서 이동할 계획이다. 가장 중요한 것은 목적지에서의 주차 문제이므로 사전에 주차장 지도에 이동 경로를 표시하여 준비해뒀다.

차를 인수받고 출발에 앞서 내비게이션 목적지를 영어로 피사의 사탑이라고 입력하니 주차장 이름만 나온다. 그래서 지도를 살펴보고 해당 주차장을 입력하니 바로 작동이 된다.

주차타워를 빠져나오자마자 바로 로마 시내의 좁은 일방통행 길이 나온다. 길이 너무 좁아 불법 주차된 차는 찾아볼 수 없다. 그나마 다행이다. 더구나 내비게이션은 귀에 익숙한 단어로 안내를 한다. 오른쪽, 왼쪽, 직진으로 가라는 식이다. 더 좋은 것은 좁은 일방통행이라 모두 조심운전을 하므로 사고 위험이 적다는 점이다.

어찌어찌해서 시내를 빠져나와 고속도로 톨게이트에서 입장권을 뽑았다. 그리고 고속도로를 달렸다. 이탈리아의 중심도로인데 생각보다 교통량은 많지 않다. 이탈리아 사람들은 일하느라고 놀러 다닐 여유가 없는 것일까? 남 일할 때 여행 다닌다는 것이 살짝 미안해진다. 피사까지는 3시간 30분의 거리라고 내비게이션에 표시되어 있고 차창밖에는 이탈리아의 평화로운 농촌이 끝없이 펼쳐져 있다. 운전하기에는 한국이나 이탈리아나 별반 차이가 없다.

휴게소에서 점심을 해결하고 고속도로를 빠져나왔다. 톨게이트의 무인수납기에서 통행료 지불 방법을 터득하느라 약간 당황했지만 무사히 목적지 주차장에 도착했다. 그리고 시간이 많지 않았기 때문에 서둘러 사탑으로 갔다. 피사의 사탑은 비교적 변두리에 위치해 있기 때문에 이동 경로가 그리 어렵지 않았다.

사탑은 피사 대성당에 있는 종탑이다. 입구로 들어서니 커다란 원통형 건물이 보인다. 산 조반니 세례당이라고 하는데 직경 35m의 흰 대리석 건물로 1152년에 착공하여 완공까지 대략 200년 이상 걸렸다고 한다.

세례당 너머에는 대성당과 피사의 사탑이 있다. 사탑이 기울어져 있어 사진의 수평을 잡기가 어렵다. 우리의 목표는 그 유명한 피사의 사

　　　　　 🌱 내 마음의 샹그릴라를 찾아서

탑이기 때문에 사진 몇 개를 찍고 서둘러 사탑을 향해 걸었다. 대성당의 경내는 생각보다 넓어 한참을 걸어야 했다. 녹색의 잔디밭 위에 서 있는 하얀 대리석 건물이 파란 하늘과 대비되어 보석처럼 빛이 났다. 거대한 건물 아래 걷고 있는 사람들이 거인국에 온 소인국 사람들처럼 작게 보인다.

▌피사 대성당

피사 대성당에 대비되는 피사의 사탑은 기울기가 확연하게 표시가 난다. 그리고 상아처럼 하얀 대리석으로 건축된 대성당의 웅장한 모습에 당시의 건축기술이 얼마나 대단했는지 경이롭기만 하다. 이 성당은 1063년에 착공하여 55년 뒤, 1118년에 헌당식을 가졌다고 하니 착공자가 완공을 보지 못할지라도 최고의 설계를 바탕으로 대역사를 시작하고, 이를 후임자들이 인계받아 계속 공사를 이어가 완공했다는 이야기는 시사하는 바가 크다.

　대성당의 규모에 감탄하며 사탑 바로 아래에 도착하니 안으로 들어가 꼭대기에 올라가고 싶어진다. 그런데 입장하려면 다시 입장료를 내야 하는데 가격이 꽤 비싸다. 하지만 언제 다시 여기에 올 수 있을지 기약이 없으므로 후회를 남기지 말자는데 의견의 일치를 보았다.

　사탑에 입장하기 위해서는 입장권을 사야 하고 가방이 있으면 휴대가 안 되기 때문에 돈을 내고 가방을 맡겨야 한다. 입구에는 무장한 보안요원이 입장 인원을 통제하고 있다. 사탑이 좁고 보호의 필요성도 있기 때문이다.

　내부로 들어가니 사탑에 대한 여러 가지 정보가 게시되어 있다. 하얀색 대리석으로 건축된 원통형 사탑은 8층으로 58.36m의 높이에 5.5°가 기울어져 있으며, 나선형 계단이 꼭대기까지 이어져 있다. 피사의 사탑은 1173년에 착공하여 200년에 걸친 공사에서 기울어지는 현상이 반복되어 몇 번 보수하였으나 여전히 기우는 현상이 나타났다고 하며, 갈릴레이가 이곳에서 낙하실험을 했다는 일화가 전해진다.

▌사탑 위에서 바라본 피사

　나선형 계단을 타고 꼭대기에 오르니 커다란 종이 걸려 있다. 이곳에서 아래를 내려다보면 대성당과 세례당이 웅장하게 서 있고 반대편에는 붉은색 지붕의 건축물들이 지평선에 닿아 있는 듯 아름답게 펼쳐져 있다.

　좁은 꼭대기 공간을 오랫동안 차지할 수 없어 사진 몇 장 찍은 후 다시 내려가야 했다. 오를 때는 가파른 경사로 힘들어 몇 번이나 쉬어갔지만 내려갈 때는 금방이다. 아쉬운 마음을 내려놓고 맡겨놓은 짐을 찾아 떠나는데 햇빛에 대성당과 사탑이 노랗게 물들어간다. 잠시 가던 길을 멈추고 마지막 사진을 찍으며 생각했다. 정상보다 비정상이 더 위대해 보이는 것은 왜일까? 기초가 부실해 붕괴의 위험에까지 직면했다고 하는 사탑이 대성당보다 더 유명해져서 사탑만 보고 가는 관광객도 많다고 한다.

【　르네상스의 중심, 피렌체　】

　피사를 출발한 지 1시간 만에 피렌체에 도착했다. 아르노 강가에 위치한 호텔은 한 폭의 그림 같다는 생각이 들었다. 우선 도로 옆 주차구역에 주차하고 호텔에 들어갔는데 안내원이 그곳에 주차하면 안 된다고 한다. 그곳은 10분 이상 주차를 못 하는 곳이어서 다른 곳에 주차해야 하며 주차료는 체크아웃 시 계산해야 한다는 것이다. 그래서 안내원에게 차 열쇠와 약간의 팁을 주었다.

　체크인이 끝나자 종업원이 저녁에 로비에서 파티가 있다고 얘기를 해준다. 그런데 영어 실력이 부족해 돈을 내야 하는 것으로 이해하고 오케이라는 말로 대화를 마쳤다. 무언가 대화는 화기애애하게 하고 돌아서 객실로 들어가지만 개운치는 않다.

안내원이 객실마다 가방을 나눠준다. 그에게 준비된 팁을 준 다음 일행과 함께 저녁 식사를 하러 밖으로 나왔다. 아직 초저녁인데 대다수 상가의 불이 꺼져 있다. 한참을 걸어 간신히 식당 하나를 발견하고 안으로 들어갔다. 식사는 주로 햄을 넣은 토스트와 치킨이다. 우리는 국물 있는 음식이 간절했으나 어쩔 수 없다. 더군다나 국물이라는 영어 단어를 모른다. 그래서 깔깔한 속을 달래려고 포도주를 한 병 주문하여 함께 먹었다. 역시 해장을 하니 속이 편해진다.

저녁 식사를 하고 호텔 로비에 들어서니 난리가 나 있다. 로비에 온통 음식 천지다. 많은 투숙객들이 모여 한 손에는 와인을, 다른 한 손에는 음식을 들고 먹고 마시고 있다. 우리는 조심스럽게 음식을 하나씩 집어 먹었는데 사람들이 마음대로 먹으라고 한다. 물론 공짜였다. 영어 실력이 부족해 저녁 식사비를 날린 것이었다.

❙ 호텔에서 바라본 야경

배가 불렀지만 와인과 음식을 더 먹었다. 식사비에 대한 아쉬움을 달래기 위해 먹긴 먹는데 그래도 왜 호텔에서 이런 친절을 베푸는지 궁금했다. 그러나 궁금한 점을 묻고 알아들을 만한 영어 실력이 아니므로 그저 추측하는 수밖에 달리 방법이 없다. 인터넷 검색을 해보았는데 이 호텔은 긴 역사를 자랑하는 전통 있는 호텔이었다. 아마도 호텔을 처음 개업했던 기념일이 아니면 11월 비수기를 맞이하여 이벤트 행사를 하는 것이 아닐까 싶었다.

피렌체에서의 하루가 밝았다. 이날은 일정상 오전 중에 피렌체를 둘러보고 베네치아까지 가야 하므로 일찍 아침 식사를 하고 8시에 호텔 옆 우피치 미술관을 시작으로 주변 유적지를 둘러본 후 체크아웃을 하기로 했다.

미술관은 사전에 예약을 해야 입장이 가능해 한국에서 인터넷으로 예약을 했다. 예약확인서를 가지고 현장에서 입장권을 받은 후 입장을 해야 한다. 그런데 도착해보니 미술관에 작은 화재가 발생하여 소방차가 출동해 있고 입장이 지연되고 있다. 시간이 금(金)인 우리에게 이런 일이 생기다니 전혀 믿어지지 않는다. 1시간 넘게 기다리니 화재로 예매 시간이 무효화되었고 입장 인원을 통제하며 입장시키므로 눈치껏 움직여 간신히 입장하였다.

우피치 미술관은 세계문화유산으로 등재된 르네상스 대표 미술관으로 르네상스 시대의 걸작들을 많이 보유하고 있는 세계적인 미술관으로 알려져 있다.

미술관 건물은 피렌체 공화국의 집무실로 건축되었으며, 르네상스 시대에 피렌체를 통치했던 메디치 가문이 200년 동안 예술가들에게 미술품 제작을 의뢰하거나 모은 것을 마지막 후손인 '안나 마리아 로도비카'가 물려받았다. 그리고 그녀가 이것들을 모두 정부에 기증하였고, 그녀의 뜻에 따라 일반에 공개되었다고 한다.

미술관에는 14부터 18세기에 이르기까지 이탈리아, 독일, 프랑스 르네상스 화가들의 주요 작품들이 소장되어 있으며, 보티첼리가 그린 비너스의 탄생을 비롯한 2,500여 점의 작품들이 전시되어 있다. 3층에서부터 1층까지 45개의 전시실에 있는 미술품을 다 보려면 한나절은 뛰어다녀야 할 정도다.

[피렌체 중앙시장에서]

우피치 미술관 관람을 마치고 나니 호텔 체크아웃 시간이 다 되어간
다. 서둘러 호텔로 돌아가서 안내원에게 주차된 차를 가져오게 하고 짐
을 챙겨 나왔다. 그리고 피렌체 중앙시장 주차장으로 향했다. 피렌체도
역사유적지가 많은 도시라 그런지 도로는 좁고 미로와 같다. 등과 이마
에 많은 식은땀을 흘린 다음에야 무사히 주차장에 도착할 수 있었다.

피렌체는 가죽제품이 유명하다고 하여 먼저 벼룩시장에 갔는데 상점
마다 가죽가방이 즐비하고, 일행들은 저마다 마음에 드는 선물을 고르
느라 정신이 없다. 또 어디서 듣고 왔는지 무조건 많이 깎아야 한다고
귀띔을 한다. 상점 주인은 한국말을 어떻게 배웠는지 많이 깎아준다고
말하며 계산기로 할인율을 적용한 후 값을 보여준다. 주인은 무관심한
듯 보이면서도 한국말로 싸다고 말하는 등 가격을 가지고 밀당을 한다.

역시 관광의 꽃은 쇼핑이었는지 일행들은 가방을 고르는 즐거움에
빠져 있다. 가방을 들었다 놓았다 하며 가격을 흥정하다 다른 가게를
기웃거리며 제법 많은 시간을 소비한다. 피렌체를 빨리 둘러보고 베네
치아로 가야 하기 때문에 시간이 촉박했지만 쇼핑의 즐거움을 깨지 않
으려고 묵묵히 기다리며 나도 맘에 드는 가방이 있는지 살펴보았다. 하
지만 많은 시간을 투입하고도 모두가 여전히 빈손이다.

더 이상 지체할 수 없을 것 같아 하는 수 없이 빨리 사고 가자며 일행
들에게 시간이 없다고 재촉하고야 말았다. 그런데 나의 재촉이 효과가

있었는지 저마다 찜해놓았던 가게에 가서 가방을 하나씩 들고 나온다. 사려고 마음먹은 물건은 있었지만 혹시 다른 가게에서는 더 싸지 않을까 하는 기대심리로 여기저기 물건을 흥정하고 다녔던 것이다.

▌ 피렌체 벼룩시장

마음에 드는 가방을 구입했으니 이제 슬슬 피렌체 중앙시장에 들어가 보기로 했다. 이곳은 우리나라 상설시장과도 같았는데 깔끔한 디자인과 판매 구역 배분, 그리고 예쁜 상품 진열 등은 백화점이나 대형 마트와 비슷하다. 전혀 재래시장이라는 느낌을 가질 수가 없다. 반듯반듯하게 상품이 진열되어 있고 물건들이 고급스러워 보인다.

사람들이 왔지만 늘 찾아오는 사지도 않을 관광객이어서 그런지, 아니면 원래 그런 것인지 몰라도 아무도 호객행위를 하지 않는다. 그래서 구경하는 우리도 마음이 편하다.

판매되고 있는 농산물은 우리와 크게 다르지 않다. 호박, 양배추, 양파, 딸기, 사과, 레몬, 청경채 등등의 채소와 과일은 우리나라도 흔하지만 이탈리아 피렌체에서 보니까 왠지 색다른 것 같은 느낌이 든다. 신기한 것이 있다면 애호박에는 모두 긴 꼭지와 꽃이 달려 있다는 점이다. 싱싱하다는 것을 증명하려는 것이리라.

피렌체 중앙시장은 1874년에 개장한 재래시장이다. 농산물에서 공산품까지 다양한 종류의 상품을 저렴하게 구입할 수 있어서 많은 사람들로 북적북적하다. 심플한 시장의 디자인이 인상적이다.

2층은 먹자골목처럼 운영되고 있는데 수많은 작은 식당이 연이어 있고 식당 앞 광장에는 많은 식탁과 의자가 마련되어 있다. 그리고 샌드위치와 곱창, 치킨을 비롯한 다양한 음식을 팔고 있으며, 한편에서는 요리교실도 운영되고 있다. 그런데 이곳에서 사용되고 있는 식재료는 모두 이 중앙시장에서 구입한 것이라고 하니 서로 윈윈할 수 있는 상생전략일 것이다.

▌중앙시장 2층 식당가

▌식당에 진열된 먹음직스러운 치즈

각자 마음에 드는 식당에서 먹고 싶은 음식을 주문하여 같은 식탁에서 함께 먹자고 하였다. 그리고 모두 취향에 맞는 음식을 가지고 왔는데 처음 먹어보는 음식이라 입맛에 맞는 것인지는 알 수가 없다. 다만 나는 익숙한 요리인 치즈가 들어간 버거와 치킨을 주문하여 먹었다. 모두 세계 공통 음식이라 거부감은 없다. 단지 좀 짜다는 것만 빼고는 말이다.

[피렌체 두오모 성당]

식사를 마치고 걸어서 두오모 광장으로 갔다. 내비게이션을 작동시켰지만 건물이 너무 밀집되어서인지 제대로 안내하지 못한다. 그래도 어느 정도 방향을 잡아 걸어가니까 커다란 돔 지붕이 보인다. 아마도

대성당의 돔 지붕일 것이다. 주변 건물보다 높아서인지 금방 알아보고
방향을 잡았다.

피렌체는 BC 10세기경에 취락이 형성되어 BC 2세기경부터 도시로
발전하기 시작했다고 한다. 12세기부터 공업이 발전하여 많은 직물상
인이나 귀금속상인들이 조합을 만들어 경제적으로 번영하였고, 상공업
과 금융업의 중심이 되었다. 또한 피렌체는 문화적으로도 매우 융성하
였으며 메디치 가문의 통치하에서는 르네상스 문화의 중심이 되었다고
한다.

골목마다 옛 건축물들이 내뿜고 있는 이국적인 아름다움은 내가 한
편의 풍경화 속에 서 있는 것 같은 착각이 들게 한다. 건물 하나하나에
예술 같은 고풍스러움이 묻어 있다. 이 아름다움에 취해 이렇게 수많은
사람들이 세계 각지에서 찾아와 그들만의 목적지를 향해 바삐 가고 있
는 것이다.

잠깐의 생각에서 깨어나자 눈앞에 아름다운 두오모 성당이 거대한
위용을 자랑하며 서 있다. 두오모 성당은 피렌체 대성당이라고도 하며
산 조반니 세례당과 조토의 종탑이 함께 있다. 세 건물 모두 외벽이 사
각으로 비슷하게 디자인되어 있고 여러 가지 색깔의 대리석을 채색한
듯이 이어 붙였다. 그래서 공식 이름이 꽃의 성모 마리아(산타마리아 델 피
오레) 대성당이 아닌가 싶다.

1296년에 착공하여 1436에 완공된 이 성당은 당시에는 3만 명을 수
용할 수 있는 세계 최대의 성당이었다고 한다. 대리석과 벽돌 그리고
목재와 유리로 만들어진 고딕과 르네상스 양식의 대성당은 섬세하게

조각된 꽃과 같다는 생각이 들었다. 생전에 보지 못할지라도 최고의 작품을 만들기 위해 건축을 이어나간 메디치 가문과 수많은 건축가들이 한없이 존경스럽다.

▌ 피렌체 대성당

성당의 거대한 위용과 팔각의 붉은 돔 지붕을 경이로운 눈으로 바라보면서 내부로 들어가 보니 천장화와 엄숙하게 보이는 제대, 그리고 관광객들이 신앙심으로 켜놓고 간 촛불 트리와 웅장한 규모의 아치가 신앙의 신비를 느끼게 해준다. 나도 무인 판매대에서 작은 양초를 하나 구입하여 비어 있는 트리의 나뭇잎 접시 위에 올려놓고 두 손 모아 기도를 했다.

[베네치아 가는 길]

아름다운 피렌체를 뒤로하고 '베니스의 상인'이란 소설로 잘 알려진 물의 도시 베네치아로 향했다. 지도를 보며 대강의 방향을 숙지하고 내 비게이션에 베네치아 주차장을 입력했다. 차량으로 약 3시간 거리이다. 장거리이지만 서로 번갈아 가면서 운전하므로 그리 어려운 일은 아니다.

우피치 미술관의 화재 때문에 미술관 관람이 지연되어 베네치아에는 어두워질 때 도착할 것이다. 깜깜한 밤거리를 그것도 처음 온 도시에서 예약한 호텔을 찾아가야 하므로 쉽지만은 않은 노정이다. 차 안에서 베네치아 주차장부터 호텔까지 가는 약도를 점검하고 스마트폰의 지도에 경로를 미리 입력해놓았다.

고속도로를 한참 달리다 창밖을 보니 밀밭이 끝없이 펼쳐져 있다. 그리고 가끔씩 보이는 촌락들이 마치 어렸을 때 읽었던 동화 속의 풍경 같다. 사방이 산으로 둘러싸여 있는 우리나라 마을과는 달리 지평선으로 둘러싸인 시골의 풍경이 신기하다. 아마도 이곳 사람들이 우리나라에 온다면 우리의 풍경을 신기한 눈으로 바라볼지도 모른다. 평소와 다른 것을 보려고 떠나는 것이 여행의 목적이 아닐까 하는 생각이 들었다.

그런데 풍경은 평소와 다른 것을 보려고 하면서 생각은 다른 것을 인정하기 어려운 것은 왜일까 하는 생각이 들었다. 여행을 하면서 스마트폰으로 인터넷 뉴스를 통해서 고국의 소식을 보는데 뉴스의 반은 싸우

　내 마음의 샹그릴라를 찾아서

는 소식이다. 싸우는 당사자들은 그렇다 치고 매체마다 뉴스의 방향에 미묘한 차이가 있다. 더군다나 매체마다 댓글의 성향도 확연히 다르다. 아마도 사람들은 보고 싶은 것만 보려 하기 때문에 영역이 나뉘어 있고 그 영역의 경계에서 서로 끝나지 않을 전쟁을 하고 있는지도 모른다.

가끔은 내비게이션이 제멋대로 작동한다. 직진해야 하는 길을 톨게이트로 나가라고 안내하고 시내를 한 바퀴 돌게 한 뒤에 다시 고속도로로 들어가게 한다. 믿고 맡겼는데 엉뚱한 안내로 아까운 시간을 허비하게 하는 것이다. 처음 오는 외국이라 길을 모르는데 더욱 혼란스럽게 한다.

베네치아에 가까이 올수록 내비게이션에 대한 믿음이 약해진다. 아마도 늑대와 양이란 동화처럼 여러 번 속아서 그럴지도 모른다. 한 번은 내비게이션의 안내대로 움직였다가 구 도로를 타고 가면서 시간을 더욱 지체하기도 했다.

여러 번 시행착오로 베네치아 도착 시간이 점점 지연되어 어둠이 찾아왔다. 최종적으로 고속도로를 빠져나와서는 한 번 더 헤매다가 겨우 육지와 베네치아 섬을 잇는 리베르타 다리를 건넜다. 그리고 베네치아 역에서 가까운 주차장에 간신히 도착했다. 차량을 가지고 갈 수 있는 베네치아 관광지에서 제일 가까운 주차장이다. 이곳에서부터는 걸어서 다리를 건너 호텔을 찾아가야 한다.

그동안 실망을 많이 시켰지만 어쩔 수 없이 스마트폰 내비게이션을 믿는 수밖에 없다. 걸어서 10분쯤 되는 가까운 거리고, 또 걸어가는 속도도 느리니까 기계도 더 이상 믿음을 저버리지 않았다. 예정된 10분이 채 안 되어 호텔에 도착한 후 바로 체크인했다. 작지만 3성급의 오래된 고풍스런 호텔이었다.

베네치아의 영어식 명칭은 '베니스(Venice)'이다. 속초의 영랑호와 같은 석호 안에 118개 섬들이 400여 개의 다리로 이어져 하나의 도시가 되었다. 섬과 섬 사이의 수로가 운하처럼 수상 교통로로 이용되고 있다.

이곳은 6세기 말에 취락이 형성되었고 7세기경부터 무역 중심지로 발전하였다고 하며 14세기경에는 해상무역공화국으로서의 전성기를 맞이하였다고 한다. 특히 유리공업이 발달하였는데 지금도 베네치아의 유리세공업은 세계적으로 유명하며, 베니스 국제영화제 또한 세계 3대 영화제로 명성을 날리고 있다. 전성기 때의 도시 모습이 상당 부분 남아 있어 관광지로 각광을 받고 있다.

【 물 위에 세워진 수상도시 】

다음 날 아침 일찍 호텔을 나섰다. 호텔 주인이 베네치아 관광지도를 무료로 주며 즐거운 여행을 기원하는 덕담을 건넨다. 수상버스를 타고 호텔 주변 선착장에서 종점까지 가서 환승으로 가장 먼 섬에서부터 구경하며 올 것이다. 수상버스 티켓은 1일권으로 구입했기 때문에 수시로 갈아탈 수 있다.

내 마음의 샹그릴라를 찾아서

▌수상버스 선착장

선착장에서 조금 기다리니까 버스가 도착한다. 그런데 티켓을 보자고 하는 사람이 아무도 없다. 수상버스 기사가 아니면 자동 체크기라도 있어서 버스표를 사서 승차했음을 확인받아야 하는데 무척 찝찝한 기분이 든다. 충분히 무임승차도 가능한 상황이다. 하지만 정말 그렇게 한다면 한동안 죄책감에 시달릴 것이다.

일단 수상버스에 오르자 비교적 넓은 수로 위를 미끄러지듯 나아갔다. 호텔에서 얻어온 지도에 내려야 할 선착장 위치가 친절하게 적혀 있으므로 어디서 내려야 할지 걱정을 안 해도 된다. 설사 잘못 내렸어도 다음 버스를 마음대로 타면 되므로 아무런 문제가 없을 것이다.

수상버스 차창을 통해 바라본 베네치아는 그 자체가 문화재인 듯 고풍스럽기 그지없다. 수로 옆 주택에는 승용차 주차장처럼 작은 선착장이 있고, 주민들은 조각배를 타고 오고 간다. 마치 영화나 드라마의 장면을 찍는 것 같은 느낌이 들 정도로 색다른 풍경이다. 항상 물속에 잠겨 있는 건물이 어떻게 긴 세월을 견디고 있을지 궁금하다.

❚ 수로 위의 작은 조각배

수로 옆으로 카페와 관공서가 보이고 선착장이 마련되어 있다. 차를 한잔 마시거나 증명서를 발급받기 위해서는 배를 타야 하는지 아니면 장식용 배인지 스쳐 지나가는 승객은 알 수가 없다. 수상버스가 지나면서 만들어낸 파도에 지나가고 있던 나룻배가 심하게 흔들거리고 사공은 위태롭게 노를 저어가고 있다.

【 황금의 산 마르코 성당 】

　수상버스는 베네치아 수로를 따라 구석구석의 풍경을 보여주고는 종점인 산 마르코 광장 선착장에서 멈추어 섰다. 드디어 베네치아 최고의 관광지에 도착한 것이다.

　부둣가는 여러 노점상들과 세계 각국에서 찾아온 관광객으로 북적거린다. 그런데 바닷바람이 불어서인지 12월 첫날의 베네치아는 무척이나 쌀쌀하다. 추위를 피하고자 노점에서 목도리를 사서 둘렀다. 몸이 한결 따뜻해진다.

▌산 마르코 성당과 종탑

▌산 마르코 성당의 장식

　광장 안으로 들어가니 큰 성당이 보인다. 산 마르코 성당이다. 이 성당은 9세기경 베네치아 상인들이 이집트에서 가져온 성 마르코의 유골을 안장하기 위해 세워진 것이며, 11세기 말에 현재의 모습으로 재건되었다고 한다. 또한 성당의 정면부 외벽에는 금박의 모자이크와 다양한 조각상으로 장식되어 있고 성당의 내부 또한 모자이크 기법으로 금박 장식을 하여 화려하기 그지없다.

　채광창을 통해 들어온 빛이 돔 안쪽과 벽에 장식된 금박 모자이크 배경에 반사되어 천국에 온 것 같은 느낌을 준다. 그런데 내부와 외부를 장식하고 있는 수많은 자재들 중 상당수가 십자군 원정 때 가져온 전리품이라고 한다. 당시 해상무역의 중심지였던 베네치아 공화국이 얼마나 부유했는지 짐작이 간다. 건축과정이야 어찌 되었건 성전을 최대한 아름답게 꾸미려 했던 베네치아 사람들의 마음을 알 수 있을 것 같다.

[산 조르조 마조레 성당]

다시 선착장으로 와서 산 조르조 섬으로 가기 위해 노선도에 적혀 있는 번호의 수상버스를 탔다. 섬은 선착장 건너편에 있고 손에 잡힐 듯이 가까워서 5분 정도의 항해 끝에 도착했다. 수상버스에서 내려 앞을 보니 산 조르조 마조레 성당이 서 있다.

이 성당은 1610년에 세워진 건축물이다. 내부에는 채색하지 않은 듯 흰색의 벽에 채광창을 통해 들어오는 빛이 은은하게 번져 가고 있다. 틴토레토의 그림 '최후의 만찬'은 이곳이 성당임을 말해주는 것 같다. 제대 뒤에는 검은 천사 조각상이 있는데 조금 으스스한 인상을 준다.

❚ 산 조르조 마조레 성당

그런데 로마에서부터 크고 화려한 성당을 많이 보고 와서 그런 것인 지 일행들 대다수가 흥미를 잃고 밖으로 나가고 있다. 할 수 없이 나도 밖으로 나가서 뒤쪽으로 돌아가 보니 계류장에 수많은 요트가 정박해 있고 한쪽에는 유리박물관이 있다.

유리박물관은 무료입장이 가능하여 부담 없이 안으로 들어갔는데 내 부에는 전통적 유리 세공과정과 현대적인 유리 예술작품이 전시되어 있다. 기다란 장대 끝에 끼워져 있는 불로 달궈진 유리 덩어리를 반대 편 장대에 입으로 바람을 불어넣어 자유자재로 원하는 모양을 만들어 가는 세공기술이 놀랍기만 하다. 더군다나 다양한 색깔을 입힌 유리 작 품은 마치 보석과 같이 영롱하다.

유리박물관의 관람을 마치고 밖으로 나오니 주변에 유리로 만든 조 형물이 있다. 유리벽돌로 만든 작품인데 단순한 디자인이지만 나름대 로의 아름다움과 의미가 있을 것이다.

❙ 야외 유리 조형물

♣ 내 마음의 샹그릴라를 찾아서

하지만 아무리 노력해봐도 작가가 표현하려는 작품의 주제를 알 길이 없다. 아마도 작가에게 물어본다면 관람객이 생각해낸 것이 정답이라고 말할지도 모른다. 일행 모두가 이 작품에 대해서 한마디씩 말했지만 아무도 그 생각들에 대하여 논평하지 않았다. 각자가 말한 것이 정답이라는 확신이 없어서일 것이다.

선착장에서 수상버스를 기다리는데 건너편 산 마르코 성당의 종탑과 두칼레 궁전이 손에 잡힐 듯이 아름답게 서 있다. 베네치아는 118개의 섬을 다리로 연결하여 만든 도시라고 했는데, 이 섬은 대략 1km의 거리가 있어서인지 다리가 연결되어 있지 않다. 배를 타고 건너야 한다. 수상버스를 기다리는데 건너편 산 마르코 광장의 평화로운 풍경이 자연스럽게 눈에 들어온다. 그곳에 있을 때는 몰랐는데 멀리 떨어져서 전체를 바라보니 하나의 미술품 같은 느낌을 준다. 그저 그런 나의 일상도 멀리서 바라보면 이렇게 아름답게 보일지 궁금하다.

로마로 가는 길

산 조르조 마조레 성당을 뒤로하고 수상버스를 타고 다시 산 마르코 광장으로 향했다. 점심 식사 시간이 지나서 배가 출출하다. 일행들은 그동안 피자나 샌드위치 같은 간단한 음식을 많이 먹었기 때문에 좀 더 고급스런 이탈리아 음식을 먹자는 제안을 한다. 그런데 어느 식당의 음식이 고급스럽고 맛있는지 알 수 없다. 휴대폰으로 지도에 접속하여 주변의 식당을 찾아보니 사진과 함께 별점과 이용 후기가 나와 있다.

별점 다섯 개에 호평이 많은 식당을 찾아 들어갔는데 손님은 없지만 제법 고급스럽다. 우선 안내하는 대로 자리에 앉아 좀 비쌌지만 인터넷에 나와 있는 호평의 음식과 가격이 비교적 비싼 포도주를 주문했다.

나비넥타이와 말끔한 정장을 차려입은 종업원은 포도주를 나에게 조금 따라준다. 나는 한 모금 맛을 보고는 맛있다는 오버액션을 취했다. 종업원도 엄지손가락을 들며 고개를 끄덕인다. 그는 포도주를 모두의 잔에 적당하게 따라준 후에 작은 바구니에 식빵을 담아왔다. 식빵을 안주 삼아 우선 포도주를 한 잔씩 마시자 피로가 풀리고 기분이 좋아진다.

드디어 메인 요리가 나왔는데 먹어보니 우리나라 재래시장 뒷골목의 튀김집에서 먹어본 오징어를 비롯한 해물 튀김이다. 좀 오래 튀겼는지 딱딱하다. 인터넷 사진은 먹음직스럽게 생겼지만 접시에 담긴 요리의 모양만 비슷하고 맛은 별로다. 그래도 어쩌랴 주문한 죄가 있으니 표시 나지 않게 먹었다. 아! 시원한 국물 한 수저가 간절하다.

[탄식의 다리와 곤돌라]

식당에서 나와 부두 쪽으로 나왔다. 많은 사람들이 나룻배인 곤돌라를 타기 위해 줄을 서 있고 죄수복 같은 줄무늬 옷을 입은 사공은 온몸을 움직이며 노를 젓고 있다. 그리고 곤돌라 하나가 두칼레 궁전 옆의 골목 수로에 들어간다. 나는 곤돌라와 수로를 카메라에 담기 위해 다리 위로 이동했는데 궁전과 건너편 건물 3층으로 연결된 작은 다리 하나가 보인다.

이 다리는 두칼레 궁전과 감옥을 연결하기 위해 만들어진 것이다. 궁전에서 형을 받은 죄인이 이 다리를 지나 감옥으로 갈 때 돌 창문의 작은 구멍을 통해 밖을 보며 다시는 자유로운 풍경을 보지 못할 것이라고 탄식했다고 하는데 이런 이유에서 영국의 낭만파 시인 바이런이 '차일드 해럴드의 순례'란 시에서 이 다리를 '탄식의 다리'라고 표현했다고 한다.

곤돌라를 타고 이 다리 아래를 지날 때 키스하면 영원한 사랑을 이룰 수 있다고 하여 사공이 이곳에서 잠시 멈춰가는 친절을 베풀어준다. 어떻게 해서 이러한 이야기가 만들어졌는지는 몰라도 무척 낭만적이다. 우리나라에서도 어떤 사찰의 연못 속 작은 돌 절구통에 동전을 넣으면 소원이 이루어진다는 이야기가 전해지고 있듯이 나라가 달라도 생각하는 것은 비슷한 것 같다. 곤돌라 1대가 탄식의 다리 밑에 멈추어 섰는데 사공이 키스하라고 권유하고 젊은 남녀가 어색한 듯 살짝 키스를 하는 모습이 보인다.

❚ 탄식의 다리

【 미로 같은 베네치아 골목길 】

어느 정도 베네치아를 구경했다는 생각에 수상버스를 타고 호텔로 돌아가기로 했다. 그런데 중간 정도 운항을 했을 때 일행들이 내려서 걸어가자고 한다. 다수가 원하므로 따르지 않을 수 없다.

🌱 내 마음의 샹그릴라를 찾아서

수상버스에서 내려 어림잡은 방향을 향해 걷기 시작했는데 미로와 같은 건물 사이의 길이라 그런지 다른 방향으로 가는 것 같은 느낌이 든다. 고개를 들어 건물 위를 보니 멀리 산 마르코 성당 종탑이 가까워지는 것 같다. 다른 길이 있는 것도 아니고 전진과 후진밖에 할 수 없는 하나의 길이라 다시 되돌아 원점으로 돌아와야 했다. 지도를 보고 길을 찾지 않으면 목적지에 갈 수 없다는 것을 깨닫는 순간이다.

내렸던 선착장에서 다시 수상버스를 탔다. 그리고 지도를 보고 걸어갈 길이 나 있는 선착장에서 내린 다음 휴대폰 내비게이션을 작동시켰다. 사방이 건물로 싸여 있어 위치를 특정할 수 없었기 때문에 의지하게 된 것이다.

베네치아의 골목길에 빽빽하게 서 있는 건물들은 모두 오래된 건물처럼 보인다. 세계적인 관광지이기 때문에 새로운 건물은 건립하지 못할 것이리라. '호텔 찾아 삼만 리'처럼 가도 가도 끝이 없다. 어떨 때는 가다가 길이 막혀 이리저리 헤맬 때도 있다. 더구나 좁은 골목길에서는 내비게이션도 길을 찾지 못한다. 한 가지 다행인 것은 한적한 중세시대의 골목길을 거의 독점적으로 체험하고 있다는 점이다.

수상버스가 다니는 수로와 관광지 주변의 매우 번화한 모습에 비하여 베네치아 깊숙한 골목길 주변에는 인적이 거의 없고 비어 있는 건물도 다수 있는 것 같다. 그도 그럴 것이 자동차 도로도 없고 생활환경도 열악한 섬 중심부에서 살고 싶은 현대인들이 그리 많지는 않을 것이다. 우리도 농촌 지역의 인구가 자꾸만 줄고 있기 때문에 이해가 된다.

걷고 또 걷는데 멀리에 눈에 익은 돔 지붕이 보인다. 다 온 것이다.

우리가 묵었던 호텔 옆에는 작고 아담한 '산 시메오네 피콜로 성당'이 있었는데 바로 그 성당의 돔이다. 갑자기 희망이 보이니까 발걸음이 빨라진다. 수수한 모습의 성당을 처음 보았을 때는 별 관심이 없었지만 나에게 길을 찾게 해주어서인지 아름답게 보인다.

반가운 마음에 성당 내부로 들어가려고 했으나 시간이 너무 늦어서인지 문이 닫혀 있다. 내일은 아침 일찍 베네치아를 떠나야 하기 때문에 문을 열 때까지 기다릴 수는 없을 것이다. 처음 보았을 때 안에 들어가 볼 생각을 하지 않은 것이 후회스럽다. 앞으로는 첫인상이나 겉모습만 보고 판단하면 안 될 것 같다. 저녁 식사를 하며 반주 삼아 마시는 포도주 한 잔에 베네치아의 마지막 밤이 아늑하게 멀어져 간다.

【 유럽의 문화수도, 볼로냐 】

다음 날 베네치아에서의 일정을 마감하고 아침 8시에 볼로냐를 향해 출발했다. 최종 목적지는 차로 4시간 거리에 있는 아시시인데 장거리 운전으로 중간에 휴식처가 필요하여 이곳을 경유하기로 한 것이다. 차로 2시간의 거리이므로 휴게소 대신에 뜻깊은 휴식을 취할 수 있을 것이다.

볼로냐는 이탈리아의 북부에 있는 상공업 도시로, 11세기에 설립된 세계에서 가장 오래된 볼로냐대학을 비롯하여 중세시대의 문화유적이 많이 있다고 한다. 특히, 볼로냐대학은 단테, 보카치오 등 이탈리아의 유명 문인과 학자들을 배출한 명문으로 알려져 있다.

내비게이션이 알려준 주차장에 차를 세운 후 긴 회랑을 따라 걸어서 마조레 광장으로 갔다. 광장에는 지금껏 이탈리아에서 보지 못한 양식의 산 페트로니오 성당이 있다. 이 성당은 비잔틴제국시대에 고트족의 약탈로 폐허가 된 도시를 재건한 페트로니오 주교를 기념하기 위해 지은 성당이다.

벽돌로 건축된 성당의 규모는 가로가 60m이고 세로가 132m에 이르는데 2만8천 명을 수용할 수 있다고 하며 세계에서 5번째로 큰 성당이다. 원래는 세계에서 가장 큰 성당으로 건축할 계획이었지만 일부 비용을 궁전 건축에 사용함으로써 건축 규모가 축소되었다고 한다.

▌ 볼로냐 산 페트로니오 성당

▌ 볼로냐 마조레 광장

광장에서 바라본 파사드는 지금껏 보아왔던 것과 달리 벽돌로 쌓아 올린 단순한 디자인으로 되어 있어 시골 방앗간의 모습 같은 투박한 느낌을 주고 있다.

성당의 내부는 45m 높이의 돔과 그것을 바치고 있는 거대한 기둥, 그리고 채광창을 통해서 들어온 빛을 받은 아치 천장이 오묘한 분위기를 연출하고 있고, 제대 위의 금빛 십자가와 주변의 천사 조각품들이 엄숙한 분위기를 만들어주고 있다. 그래서인지 긴 의자에 줄지어 앉아 기도하는 관광객들의 모습이 전혀 낯설지 않다. 나도 그 옆에 앉아 두 손을 모아본다. 중세시대에 체험했을 신앙의 신비가 나에게도 이루어 지기를 바라면서…….

얼마만큼 시간이 흘렀을까? 밖에 나와 보니 고풍스런 건물들이 광장 주위를 에워싸고 있다. 그리고 그 주변에는 많은 사람들이 서성이거나 지나가고 있다. 아마도 어디론가 바삐 걷고 있는 사람들은 목적지가 있는 현지인일 것이고 유유자적 건물을 기웃거리고 사진을 찍는 사람들은 관광객일 것이다.

사실 볼로냐는 아주 유명한 관광지는 아닌 것 같다. 로마나 피사 그리고 피렌체와 베네치아에서는 깃발을 들고 단체 관광객들을 인솔하는 가이드를 많이 볼 수 있었지만 이곳에서는 한 팀도 볼 수 없었다. 대부분 개별로 여행을 왔거나 아니면 우리와의 시간대가 일치하지 않아 못 봤거나 둘 중의 하나일 것이다.

나도 장거리 운전의 휴식을 위해 이곳에 올 생각을 하지 않았다면 이렇게 멋진 도시가 있다는 사실을 영영 알지 못했을 것이다. 처음 주차장에 도착하여 긴 회랑을 통해 광장까지 왔었던 것처럼 볼로냐 시가지에는 건물에 딸린 회랑이 38km에 달해 햇볕과 눈비를 맞지 않고 시내를 활보할 수 있다고 한다.

높은 건물에서 시가지를 바라보면 모든 건물이 붉은색을 띠고 있는데 우리나라의 한옥마을을 가면 모두 검정 기와지붕을 하고 있는 것과 비슷하다. 다만 우리는 마을 단위로 이루어져 있는 것에 비해 볼로냐는 도시 전체가 붉은색 지붕을 하고 있다는 점이 놀랍기만 하다. 도심 건물들의 색상에서 비롯된 붉은색을 뜻하는 '라 로사(la rossa)'라는 이름이 볼로냐의 또 다른 이름이라고 한다.

광장에서 회랑 쪽을 보니 카페와 상점이 불빛을 흘리며 손님을 부르고 있다. 우리도 불빛을 따라 회랑 안으로 들어가는데 문화의 도시답게 거리의 젊은 악사들이 아름다운 하모니를 만들어내고 있다. 유네스코가 선정한 음악의 도시라고 하더니 정말 여행자에게 아름다운 도시에서의 추억을 만들어주고 있는 듯하다.

▌광장의 회랑 안에서 연주하는 거리의 악사들

악사들의 감미로운 하모니 너머로 시끌벅적한 골목이 보인다. 먹자골목이다. 볼로냐는 치즈와 돼지고기를 염장한 프로슈토가 유명한지 상점마다 치즈가 많이 진열되어 있고 돼지 넓적다리가 벽에 걸려 있다. 무엇을 먹어야 할지 망설여지기도 하고 무슨 음식들이 있는지 호기심도 발동되어 자연스럽게 여기저기 기웃거리기도 하고 거리의 풍경을 카메라에 담다가 결국에는 모두가 비슷한 것 같다는 결론에 도달했다. 그래서 사람들이 많은 식당이 맛이 있다는 생각에 북적이는 식당의 문을 열었다.

▮ 마조레 광장 주변 골목

  식당 안에는 많은 사람들이 버거를 주문하기 위해 줄을 서 있고 주방
과 홀의 경계에 있는 조리대 위 요리사의 손놀림이 무척 빠르다. 빵을
가르고 그 위에 야채와 손님이 희망하는 햄과 치즈, 소스를 넣는 작업
이다. 한 사람이 여러 개씩 주문해서인지 여간해서 줄이 줄지 않는다.
우리 몇은 줄을 서고 몇은 탁자를 차지하여 앉아서 기다리기로 했다.

  식당 내부 벽에는 염장한 돼지 넓적다리가 거꾸로 매달려 있고, 맷
돌만 한 치즈가 가득히 진열되어 있다. 지금 만들고 있는 버거의 재료
들이다. 그래서 이처럼 많은 사람들이 볼로냐 전통의 맛을 보려고 줄을
서고 있는 것이리라. 기다리는 동안 버거의 맛이 어떨지 기대감이 점점
부풀어 오른다.

식사를 마치고 밖으로 나와 볼로냐에서 유명한 '두 개의 탑'으로 향했다. 중세시대 볼로냐에는 180여 개의 탑이 건축되었는데 현재는 20여 개가 남아 있고, 그중 아시넬리 탑과 가리젠다 탑을 가리켜 두 개의 탑이라고 하며, 이곳의 랜드마크라고 한다. 아시넬리 탑은 약 100m 높이의 사각 형태이며 1.3도 기울어져 있다. 일설에는 지반이 내려앉아서 기울어졌다고도 하고 건축기술을 과시하기 위해 일부러 그렇게 건축했다고도 한다.

볼로냐에 이처럼 높은 탑이 많았던 이유는 지방의 유력자들이 심하게 대립했던 12세기에서 13세기 사이에 그들이 저마다 높은 탑을 세우는 것으로 세력을 과시했던 것에서 비롯되었다는 것이다. 그 많던 탑들이 이런저런 이유로 대부분 파괴되었지만 그래도 상당수가 남아 그때의 긴장감을 말해주는 것 같다.

비교적 넓은 중세풍의 옛길을 따라 걸어가면 두 개의 탑이 나란히 서 있다. 아시넬리 탑은 입장료를 내야 올라갈 수 있는데 100m 높이의 탑 위에 서면 볼로냐 시내가 한눈에 들어오면서 장관을 연출한다. 하나의 열외도 없이 붉은색 지붕을 확인할 수 있고 통일된 모습이 웅장함을 느끼게 해준다.

▌ 두 개의 탑

　두 개의 탑을 끝으로 볼로냐에서의 여행을 마감하였다. 이곳은 충분히 도시 전체를 여행할 가치가 있었지만 이날 중으로 아시시에 가서 호텔에 체크인해야 하기 때문에 어쩔 수 없다. 다음에 다시 기회가 있다면 또 오리라고 다짐하며 길을 나섰다.

【 중세도시 아시시에 가다 】

　볼로냐를 떠나 E45 고속도로에 진입했다. 도시를 빠져나가자 점점 산악지대로 접어든다. 이 구간은 오고 가는 차량이 별로 없는 것 같다. 한산한 고속도로가 한동안 이어졌는데 인가가 없어 조금은 두려운 마음도 생긴다.

　얼마나 갔을까 도로의 고도가 점점 높아진다. 12월인데도 온화한 이탈리아의 날씨 덕분에 눈이 아닌 비가 내린다. 그런데 서서히 높아지는 경사로의 정점에 서니 내리던 비가 눈으로 바뀌어 흩날리고 있다. 우리는 무슨 큰 구경거리를 만난 듯 갓길에 차를 세우고 눈 오는 풍경을 감상했다. 우리나라에서는 대수롭지 않은 상황인데 이곳에서는 왜 그리 신기했는지 모를 일이다. 그동안 비 오는 겨울 날씨에 싫증이 난 것일까?

3시간 가까이 달린 끝에 작은 소도읍이 나왔다. 친구가 아시시라는 중세도시가 있다고 꼭 가보라고 해서 여행 일정에 포함시켰는데 중세도시답게 시골스럽기 그지없다. 호텔을 찾아가야 하는데 내비게이션이 시내 지역을 벗어나 좁은 산길로 계속 안내한다. 가옥도 없고 인적도 없는 곳을 깜깜한 밤중에 가려니 계속 가야 할지 말아야 할지 갈등이 많다. 그러나 호텔이 어디 있는지 위치를 특정할 수 없기 때문에 내비게이션이 알려주는 대로 갈 수밖에 없었다.

역시 시키는 대로 하면 아무 탈이 없다는 말이 틀린 얘기는 아닌 것 같다. 지그재그로 이어진 비탈길이 어느 순간에 수평에 가까워지더니 하얀 건물이 나왔다. 우리가 찾아 헤맸던 그 호텔이다. 드디어 마음의 평화가 찾아왔다.

호텔 식당에서 저녁 식사를 간단히 하고 로비로 나오는데 가방을 파는 상점이 있다. 기능보유자가 가죽가방을 직접 만들어 파는지 잘라낸 가죽을 이리저리 보면서 가위로 조금씩 잘라내며 작업에 열중이다. 상점 주인이 모두 수제로 만든 가방이라고 하자 일행 중 한 명이 관심을 보였다. 그리고 망설이다가 가방 하나를 구입하고야 말았다.

　내 마음의 샹그릴라를 찾아서

그런데 다음 날 아침 식사를 하고 나오니 가방을 산 친구가 상점에서 어제 그 기술자에게 가방의 끈이 너무 길다고 조금 잘라서 다시 연결해 달라고 영어와 손짓으로 요청하고 있다. 그런데 그 기술자의 표정에 당황한 기색이 역력하다. 가방을 받았으나 어떻게 할지 쉽게 결정하지 못하고 그저 가방을 이리저리 살펴볼 뿐이었다. 알고 보니 그는 가짜 기술자였다. 그동안 기술자인 척 제스처만 했지 실제로는 가방을 사다가 수제가방이라고 비싸게 파는 업자에 불과했던 것이다.

【 아시시의 산타 키아라 】

호텔 체크아웃을 하고 짐을 챙겨 차에 실었다. 그리고 마을 근처 주차장에 주차하였다. 마을은 산 중턱에 형성되었으므로 경사가 급했고 뱀처럼 긴 형태였다. 마을을 다 둘러보려면 주차장과 해발 고도가 비슷한 마을 아래쪽 길에서 차를 타고 다음 주차장으로 이동하여야 할 정도로 먼 거리다.

▎ 중세마을에서 내려다본 아시시 시내

등산하듯이 올라온 중세마을에서 내려다본 아시시 시내는 그야말로 시골스럽기 그지없다. 오히려 시내에 비하면 중세마을이 대도시인 것 같다. 경사로 계단과 길을 따라 조금의 틈도 없이 밀집되어 있는 건물들이 서울의 이화마을을 연상케 한다. 다만 한 가지 다른 점이 있다면 건물이 한옥 형태가 아닌 유럽풍의 양옥이라는 점이다.

계단을 타고 마을의 맨 위쪽에서 내려다보고자 하였으나 피로가 누적된 듯 몸이 말을 안 듣는다. 그래서 할 수 없이 평행으로 나 있는 길을 따라 걷는데 성당이 하나 서 있다. 산타 키아라 성당이다.

산타 키아라 성당은 13세기에 건립된 고딕 양식의 건축물로 단아한 아름다움이 이색적이다. '키아라'는 이탈리아식 이름이며 영어식 이름 '클라라'로 많이 알려져 있다. 그녀는 귀족 출신이지만 프란체스코의 설교를 듣고 감명을 받아 모든 특권을 내려놓고 그의 제자가 되어 클라라 여자 수도회를 창립했다고 하며, 빈민과 병자들을 위한 삶을 살았다고 한다.

성당 내부로 들어가자 많은 관광객들과 함께 미사가 진행 중이다. 나도 그들 사이에 끼어 미사를 보려고 했으나 사제의 말을 알아들을 수가 없어 조용히 지하층으로 내려갔다.

지하층에는 산타 키아라의 미이라와 유품들이 있어서인지 신비롭고 엄숙하기 그지없다. 아시시가 이슬람군인 사라센인에게 포위되었을 때 그녀가 기도와 함께 그리스도의 몸을 뜻하는 빵, 즉 성체가 들어 있는 잔 모양의 그릇인 성체현시기(聖體顯示器)를 받들자 광채가 나왔다고 한다. 그리고 사라센인들은 그 빛에 놀라 모두 도주했다고 전해진다.

▌산타 키아라 성당

　과학적으로 증명할 수 있는지 여부와 상관없이 그녀의 성스런 삶을 생각해보면 이러한 이야기를 믿지 않을 이유는 없을 듯하다. 절로 고개가 숙여지고 두 손이 모아진다.

　기도를 마치고 밖으로 나와 중세의 길을 따라 걸어가다가 문득 뒤돌아보니 그녀를 기념하여 만든 산타 키아라 성당이 천여 년이 흐른 지금도 변하지 않고 그날의 성체처럼 빛나고 있다. 중세시대의 신앙과 현대사회의 신앙과의 간격이 너무나 크다는 생각이 주마등처럼 스쳐 간다. 호화로운 귀족의 삶을 내려놓고 스스로 삭발하며 가난한 사람들과 함께할 수 있었던 깨달음은 무엇이었는지 이성으로는 생각해낼 수 없는 물음표 하나가 여운처럼 머릿속에 맴돈다.

[아시시의 성 프란체스코]

산타 키아라 성당을 뒤로하고 중세의 거리를 걷는데 이른 아침이라 그런지 사람들의 왕래가 별로 없어 한적하다. 이 거리에 있는 건축물들이 언제 지어졌는지 알 수는 없지만 곳곳에서 로마시대의 유적들이 눈에 뜨인다. 로마 신전도 있고 골목에는 간간이 성문의 형태도 남아 있다.

건물들로 빼곡히 차 있는 도시의 좁은 골목이 모이는 지점에는 비교적 넓은 광장이 있다. 아시시의 중심 코뮤네 광장이다. 이곳에서 특별히 눈에 뜨이는 건물은 단연 미네르바 신전이다. 기원전 1세기에 건립되었는데 시대 상황에 따라 성당, 감옥, 신전 등으로 용도가 바뀌었으며 16세기에 이르러 미네르바 위의 성모 마리아(Chiesa di Santa Maria sopra Minerva ad Assisi) 성당으로 바뀌었다고 한다.

▌코뮤네 광장

성 프란체스코 성당

내부에는 작은 규모이지만 아주 오래된 건축물에 장식된 고전적인 성물과 성화가 신화적인 분위기를 주고 있고, 그것을 바라보는 나에게 신심(信心)이란 단어를 던지고 있다.

인적이 없는 중세의 골목을 걷고 있는데 우리가 주차했던 장소와 점점 멀어져 간다. 최종 목적지는 마을의 맨 끝에 있는 성 프란체스코 성당이므로 이대로 걸어갔다가는 차를 세워두었던 주차장까지 되돌아가기가 만만치 않을 것 같다. 그래서 차를 타고 사람이 걸어서는 가기 힘들 정도의 비탈진 길을 따라 내비게이션이 안내하는 대로 성 프란체스코에 가장 가까운 주차장으로 이동했다. 그리고 경사로를 걸어올라 성당 입구에 들어서니 장갑차로 중무장한 요원들이 경비를 서고 있다.

성 프란체스코 성당은 프란체스코 성인의 무덤 위에 세워진 성당으로 많은 순례자들이 찾는 성지로 유명하다. 내부에는 프란체스코 생애를 그린 조토의 작품이 있으며 유네스코 세계문화유산에 등재되어 있다고 한다.

성 프란체스코는 이탈리아의 부유한 집안에서 태어나 화려하고 태평하게 살았다. 그러나 장성하여서는 군대에 입대하게 되고, 전쟁에 참여하여 포로생활을 한다. 그리고 석방된 후에는 중병에 걸려 오랜 기간 투병생활을 하기도 한다.

그런 그가 기사가 되기 위해 다시 전쟁에 참전하러 가던 중 환시 속에서 아시시로 돌아가라는 말을 듣는다. 그래서 아시시로 되돌아와 나병 환자들을 간호하고 거지들과 같이 생활하기도 하는 등 영적으로 변화된 삶을 살았다.

그러던 어느 날 성당에서 기도하던 중에 십자가의 그리스도로부터 '허물어져 가는 내 집을 수리하라'는 말을 듣는 환시를 체험하게 된다.

이후 부친과의 관계를 단절하고 가난한 은수자의 옷차림으로 통회의 삶을 살면서 폐허가 된 성당들을 수리하는 일을 시작한다. 그리고 시간이 지나면서 '허물어져 가는 집'이 성당이 아니라 '회개하지 않는 인간과 타락한 교회'를 뜻한다는 것을 깨닫는다. 그 이후로 프란체스코는 낡은 옷을 입고 맨발로 돌아다니며 복음을 실천하며 회개하라고 설교하기 시작했고, 그에게 감명을 받은 조력자이자 동행자들이 생겨나기 시작했다.

그는 동행자들의 수가 11명이 되자, 복음에 기초한 회칙을 만들고 교황을 알현하여 새로운 수도회 설립을 인준해줄 것을 요청하였는데 교황이 부정적인 생각이 들어 결정을 유보하였다. 그런데 그날 밤 꿈속에서 프란체스코가 대성전을 세우는 모습을 보게 되었고, 이것이 하느님의 뜻이라고 믿게 된 교황은 다음날 규칙과 수도회를 인준하게 된다.

그리고 인준을 계기로 수도회 입회자가 급증하였으며, 그가 만든 '작은 형제회(프란체스코회)'는 널리 전파되어 성장하기 시작했다고 한다.

프란체스코와 그를 따르던 동료 수도자들에게 '가난한 삶'은 필수적인 규율이었으며, 그들은 복음의 가르침을 실천하고 전파하기 위하여 순교를 마다치 않았다. 그가 쓴 평화의 기도문을 보면 그가 왜 그토록 많은 사람들의 추종을 받았는지 이해할 수 있다.

한 번은 프란체스코가 십자가 현양 축일을 준비하기 위해 기도를 하던 중 십자가에 못 박힌 그리스도의 다섯 개 상흔이 프란체스코의 몸에 생겨났다고 한다. 모든 면에서 그리스도와 일치하고자 했던 그에게는 축복과도 같은 일이 아닐 수 없다.

프란체스코는 자신에게 죽음이 다가왔음을 알게 되자 빵을 가져오게 하여 축복하고 동료 형제들에게 떼어 나누어주며 요한복음의 수난기를 읽게 하였고 죽는 순간에는 자신을 알몸으로 땅바닥에 눕히도록 하여 그리스도의 죽음을 재현하며 세상을 떠났다고 한다.

1228년 교황 그레고리오 9세는 프란체스코를 시성하였고, 그의 유해는 그를 기념하여 건립된 아시시의 '성 프란체스코 대성당'의 지하에 안장되었다.

성당 내부로 들어가니 아치형의 성당 천장에 그려진 천장화와 성 프란체스코의 전기를 그린 조토의 연작 벽화가 경이롭다. 평범한 삶에서 막대한 부를 이루기는 무척 어렵다. 그러나 막대한 부를 스스로 버리고 가난한 삶 속에서 그리스도의 가르침을 실천하고, 순교를 각오하며 평화를 구하는 고난의 길을 간다는 것은 더 어려운 일이 아닐까 싶다.

벽화를 통해서 프란체스코 성인의 위대한 삶에 한없는 존경을 느끼게 된다. 지하로 내려가 보니 지하에는 성 프란체스코의 묘가 있고 길쭉한 촛불들이 꺼지지 않고 타고 있다. 성호를 긋고 절을 한 후 뒤돌아서는데 입구의 무인판매대 위에 쌓여 있는 하얀 양초가 보인다. 누가 시킨 것도 아니었지만 우리들은 각자 가격대로 동전을 놓고 양초를 하나씩 가져다 불을 붙여 촛대에 세워놓았다. 그리고 누가 먼저랄 것도 없이 두 손 모으고 눈을 감아 기도했다.

성당에서 나와 마을 쪽으로 걸었다. 파릇한 풀밭 위에 설치된 베들레헴의 구유가 눈에 들어온다. 아마도 성 프란체스코가 만든 구유의 모형일 것이다.

❙ 성 프란체스코의 구유

┃ 성 프란체스코 성당에서 본 아시시

성인처럼 살았고 죽어서 성인이 된 성 프란체스코와 성 클라라(산타 키아라) 그리고 그들의 흔적이 살아있는 중세의 도시가 나의 마음에 울림을 준다. 예수처럼 가난한 삶을 사랑했던 중세 아시시에서의 순수했던 믿음을 생각하면서 그들을 위해 영광송을 바쳤다.

【 로마에서의 마지막 휴일 】

아시시 중세도시를 떠나 점심 식사를 위해 시내로 향했다. 그런데 입맛도 그렇고 식당을 찾기가 쉽지 않다. 그래서 생각해낸 것이 유명 햄버거 프랜차이즈이다. 우리에게 친숙한 햄버거와 치킨을 콜라와 함께 먹음으로써 깔깔한 속을 달래려는 생각에서였다. 햄버거와 치킨에 배인 양념의 향에는 약간의 차이는 있었지만 그런대로 맛있는 식사다.

┃ 로마 시내의 포럼 보아리움

점심 식사를 마치고 모두들 차에 올랐다. 로마까지는 2시간의 거리다. 이제 어느 정도 이탈리아에서의 운전에는 익숙해져 있었고 큰 도로를 통해서 갈 것이기 때문에 내비게이션도 안내를 잘할 것이다. 여행의 시간은 다 지나가고 있지만 로마로 가는 길 내내 가슴이 부풀어 오른다.

일요일이라 렌터카 반납이 어려워 주차타워 업체 사무실 옆에 주차를 하고 나와 호텔에 체크인했다. 그리고 짐을 객실에 놓고 지하철로 '치르코마시모역'에서 내려 대전차 경기장을 따라 '산타 마리아 인 코스메딘 성당'에 갔다. 이곳은 진실의 입이 있는 성당으로 평일에는 입장료를 내야 하지만 일요일이라 무료로 개방되어 있다. 일요일에는 로마의 모든 유적지나 박물관이 공짜라고 한다. 미리 알았더라면 먼저 다른 도시를 여행하고 로마의 일정을 일요일로 했으면 어땠을까 하는 아쉬움이 남는다.

진실의 입은 한꺼번에 많은 인원이 입장하지 못하도록 통제를 하고 있다. 몇 명씩만 들어가 진실의 입에서 사진 한 컷을 찍고 빨리 빠져주는 것이 이곳의 규칙이다. 한참 줄을 선 뒤에 차례가 왔고 빨리 사진을 찍고 가라는 수많은 따가운 눈총을 받으며 진실의 입에 손을 넣고 사진을 찍었다.

사람들이 이곳에 온 이유는 성당을 관람하는 것보다는 진실의 입에 손을 넣고 사진을 찍기 위해서다. '로마의 휴일'이라는 영화의 한 장면이 이처럼 많은 사람들을 이곳으로 인도하는 것을 보면 문학과 예술의 힘이 얼마나 큰지 알 것 같다.

▌진실의 입

진실의 입을 끝으로 로마에서의 일정이 마무리되었다. 밖으로 나오니 이미 어둠이 깔려 있다. 왔던 길로 되돌아가 호텔을 찾아가는 일은 식은 죽 먹기다. 새로운 길을 찾아가는 일은 어렵지만 이미 개척된 길을 가는 것은 쉬운 일이기 때문이다.

다음 날 자동발매기를 통해 예매한 공항철도 티켓을 들고 테르미니역 플랫폼에서 기차가 오기를 기다렸다. 그런데 시간이 다 되어도 기차가 오지 않는다. 티켓을 들고 역무원들에게 보여주며 이곳이 맞느냐고 물어보면 맞다고 한다. 하지만 오지 않는 기차. 시간은 자꾸만 흐르고……. 우리는 초조하여 여기저기 헤매다 고개를 들어보니 플랫폼 입구에 드문드문 작은 전광판이 있는데 공항에서와 같이 기차 스케줄 목록이 쓰여 있다. 물론 우리 티켓의 열차번호에는 전혀 엉뚱한 플랫폼 번호가 적혀 있다. 놀란 마음에 황급히 뛰어가 보니 그곳에 우리의 기차가 출발을 기다리고 있다.

놀란 가슴을 쓰다듬으며 공항에 도착하여 수속을 밟고 짐을 부친 후 티켓에 적혀있는 게이트를 찾아가서 출발 시간을 기다렸다. 화장실도 다녀오고 쇼핑도 하면서 시간을 보냈다. 그런데 탑승 시간이 가까워져서 자리에 와보니 대기 중인 승객들은 어디 가고 한산하기 그지없다. 탑승구에는 행선지가 암스테르담이 아니라 베네치아로 적혀 있다. 황당할 뿐이다.

비행기 탑승 시간을 잘못 보고 늦장을 부린 것은 아닌지 티켓을 확인했으나 잘못 본 것은 아니었다. 바삐 전광판의 스케줄 목록을 다시 확인했다. 그런데 테르미니역에서와 마찬가지로 티켓에 적혀 있는 게이

🍃 내 마음의 샹그릴라를 찾아서

트 번호가 아닌 엉뚱한 게이트 번호가 적혀 있는 것이 아닌가?

또다시 정신없이 뛰어 해당 게이트에 가보니 막 탑승을 시작하고 있다.

놀란 가슴을 진정시키며 비행기 좌석에 앉았다. 이탈리아에서는 정식으로 발매된 티켓을 함부로 믿으면 안 되는 것일까? 테르미니역이나 비행기 탑승 대기실에서 현지어와 영어로 안내방송이 자주 나오기는 했으므로 분명히 장소가 바뀌었다는 안내도 있었을 것이다. 하지만 그 것을 다 알아들을 수 없었으므로 이런 착오가 생겼을 것이다. 앞으로는 '아는 길도 물어서 가라'는 말처럼 티켓과 현장의 스케줄 목록을 반드시 확인해야겠다는 생각이 들었다.

▍로마를 떠나며

비행기가 힘차게 활주로를 박차고 창공으로 올라섰다. 이탈리아와 로마의 모습들이 까마득히 멀어져 간다. 8일간의 여정과 마음으로 담아왔던 이야기들 또한 기억 속에서 가물거리고, 내일이 되어 잠에서 깨면 눈앞에 펼쳐질 한국의 풍경과 바쁘게 돌아갈 일상들이 슬슬 그리워진다. 떠나보면 알 거라는 노래의 가사처럼 모두가 소중했던 일상들이다.

긴 여정을 마치고 피로에 눈을 감으니 일리아스와 오디세이아의 예언들이 가물가물 떠오른다. 수많은 신들이 만들어낸 트로이 전쟁에서 패배한 사람들의 이야기가 그대로 로마의 건국신화가 되었다. 어쩌면 나를 중심으로 이루어진 크고 작은 일들도 신의 뜻에 따라 그려진 그림일 수 있고, 세상에서 펼쳐지고 있는 모든 일상들도 수많은 관계와 어우러져 나를 위하여 그 어떤 좋은 의미가 되어 간다는 생각이 꿈처럼 밀려온다. 내 마음의 샹그릴라를 찾은 것일까? 배낭을 메고 중국 두메 산골 어디쯤에선가 보게 될 놀라운 풍경 속의 그 샹그릴라…….

덜컹거림에 눈을 떠보니 비행기가 인천 공항의 활주로에 서서히 멈추어서고 있다. 갑자기 주위가 분주해지는 느낌이 들어 나도 배낭을 챙기려는데 손에 쥔 산타 키아라 성당 앞에서 구입한 장미묵주가 유난히 붉게 빛나고 있다.